내 귀에 해설이 들려 8

설경구 현대 판타지 소설

초판 1쇄 찍은 날 § 2020년 11월 20일
초판 1쇄 펴낸 날 § 2020년 11월 27일

지은이 § 설경구
펴낸이 § 서경석

총괄팀장 § 노종아
편집책임 § 강서희
디자인 § 소소연

펴낸곳 § 도서출판 청어람
등록번호 § 제387-1999-000006호
등록일자 § 1999. 5. 31
어람번호 § 제1-3101호

주소 § 경기도 부천시 부일로 483번길 40 서경B/D 3F (우) 14640
전화 § 032-656-4452 팩스 § 032-656-4453
http://www.chungeoram.com
E—mail § chungeorambook@daum.net

ISBN 979-11-04-92284-8 04810
ISBN 979-11-04-92190-2 (세트)

내 귀에 해설이 들려

설경구 현대 판타지 소설

MODERN FANTASTIC STORY

8

도서출판
청
람

내
귀에
해설이
들려

목차

제1장

　"만약 불합리하거나 부당한 대우를 받았다는 생각이 들면 선수는 감독에게 불만을 표출하며 항의를 해야 합니다. 불만을 드러내지 않고 계속 참고만 있으면 더 무시를 당하기 때문입니다."

　빌 머레이가 충고했다.

　'불만을 표출하지 않고 계속 참고 있으면 무시를 당한다?'

　그 충고를 박건이 속으로 되뇌었다.

　KBO 리그와 메이저리그의 또 다른 차이점이었다. 그리고 박건도 이런 이야기를 들었던 적이 있었다.

　그렇지만 미겔 카브레라 감독이 자신을 교체하라고 지시한 것이 부당하다고 불만을 표출하며 항의하는 것은 생각처럼 쉽지 않았다.

"참을 인(忍) 자가 셋이면 살인도 면한다."

박건이 자주 들었던 속담이었다.

게다가 대한민국은 유교가 뿌리를 깊이 내린 나라였다.

그래서 나이가 많거나 직급이 높은 사람에게 아랫사람이 불만을 표출하면서 대드는 것을 금기시하는 편이었다.

그런 관습은 야구계에도 적용됐고, 박건은 그동안 감독이나 코칭스태프, 선배들에게 일절 항의하지 않고 복종하는 분위기 속에서 야구를 해왔다.

그러다 보니 어느덧 부당한 지시나 대우를 받더라도 불만을 밖으로 표출하지 않고 참으며 혼자 속으로 삭이는 게 습관처럼 몸에 밴 상태였다.

'쉽지 않아.'

습관이란 것은 무서웠다.

머릿속으로는 알고 있으면서도 막상 불만을 표출해야 할 타이밍이 찾아왔을 때 자꾸 그냥 참고 넘어가게 되는 것이었다.

그때였다.

"오늘 경기에서는 미겔 카브레라 감독이 박건 선수에게 지나치게 무례했습니다."

제임스 윤도 미겔 카브레라 감독이 사이클링히트라는 대기록 달성을 목전에 두고 있던 박건을 8회 초 수비를 앞두고 교체했던 결정이 부당했다고 동조했다.

'역시 항의를 했어야 하나?'

박건이 실수했다는 사실을 뒤늦게 깨달았을 때였다.

"헛갈리지?"

이용운이 물었다.

"네, 많이 헛갈립니다."

박건이 솔직하게 대답했다.

'어떤 타이밍에 감독이나 코칭스태프에 불만을 드러내며 항의를 해야 하는가?'

이걸 판단하는 게 결코 쉽지 않았다.

한국과 미국.

양국의 문화 차이가 박건을 혼란스럽게 만드는 것이었다.

"이건 내게 해결책이 있다."

"어떤 해결책입니까?"

"그냥 내게 맡겨라."

"......?"

"불합리한 일을 당했다. 지금은 꾹 참고 넘어갈 때가 아니라, 감독에게 불만을 드러내며 항의를 해야 할 순간이다. 그런 상황이 찾아오면 내가 판단을 내리고 후배에게 알려주겠다는 뜻이다."

이용운의 제안을 들은 박건이 군말 없이 수긍했다.

'선배님이라면… 적임자지.'

이용운이 괜히 '해설계의 독설가'라고 불렸던 것이 아니었다.

모두 까기 신공의 보유자인 데다가, 다른 해설위원들은 금기시하는 프로야구협회나 구단 수뇌부들에 대한 비판도 신랄하게 쏟아냈기 때문에 '해설계의 독설가'라는 별명을 얻었던 것이었다.

그런 이용운이라면 믿고 맡길 수 있었다.

'그럼 이 문제는 해결된 셈이네.'

박건이 막 이렇게 판단을 내렸을 때였다.

"그리고 제가 아까 아쉽다고 말씀드렸던 데는 다른 이유도 있습니다."

빌 머레이가 말했다.

"어떤 이유입니까?"

박건이 이유에 대해 묻자 그가 대답했다.

"박건 선수를 놓쳤던 것이 아쉽습니다."

＊　　　　　＊　　　　　＊

"제가 현재 몸담고 있는 필라델피아 필리스 구단도 박건 선수의 포스팅에 참여했었습니다."

빌 머레이의 이야기를 들은 박건이 두 눈을 빛내며 제임스 윤을 바라보았다.

"뉴욕 메츠를 포함한 몇 개 구단이 제 포스팅에 입찰했는지, 그리고 입찰 금액은 얼마였는지 알아봐 주십시오."

미국으로 건너오기 전, 박건이 제임스 윤에게 했던 부탁이었다.

그렇지만 아직 제임스 윤에게서 답을 듣지 못한 상태였다.

그래서 너무 어려운 부탁을 했던 거라 생각하고 그동안 까맣게 잊고 있었는데.

방금 빌 머레이가 꺼낸 이야기를 통해서 뉴욕 메츠를 제외하고 포스팅에 참여했던 또 다른 메이저리그 구단을 알게 됐다.

바로 필라델피아 필리스였다.

'혹시?'

박건의 시선을 느낀 제임스 윤이 웃으며 입을 뗐다.

"필라델피아 필리스 구단도 박건 선수의 포스팅에 참여했다고 하네요. 그리고 제게 했던 질문에 대한 답은 아마 이 친구에게서 들을 수 있을 겁니다."

제임스 윤이 이야기를 덧붙인 순간, 이용운이 끼어들었다.

"확실히 책임감이 있구나."

"누굴 말씀하시는 겁니까?"

"누구긴 누구야? 제임스지."

"왜……?"

"제임스는 후배와 했던 약속을 지키기 위해서 미국에 건너온 것이다."

이용운의 이야기를 들은 박건이 황당한 표정을 지었다.

제임스 윤은 이미 다른 이유로 미국 출장을 온 것이라고 본인의 입으로 직접 밝혔었기 때문이었다.

차기 시즌 청우 로열스에서 뛰게 될 외국인 선수 관찰과 박건을 만나고 오라는 송이현 단장의 지시.

이 두 가지가 제임스 윤이 본인의 입으로 직접 밝혔던 미국을 찾아온 이유였다.

"하지만……."

"올 시즌 청우 로열스에서 뛸 외국인 선수를 관찰하기 위해서 미국을 찾아왔다는 건 거짓말이다. 청우 로열스는 일찌감치 올 시즌에 활약할 외국인 선수 구성을 마쳤으니까. 조던 픽스와 앤서니 쉴즈는 팀에 잔류했고, 라이언 벤슨을 대체할 새 외국인 투수와의 계약도 일찌감치 마쳤다."

'다정다감한 귀신이네.'

박건과 달리 이용운은 여전히 청우 로열스에 대한 애정을 갖고 있었다.

청우 로열스와 관련된 최신 소식을 훤히 꿰고 있다는 것이 그 증거였다.

'그럼 진짜 나 때문에 제임스 윤이 미국으로 건너온 건가?'

박건이 제임스 윤에게 새삼스러운 시선을 던질 때였다.

"이 친구가 박건 선수에 대한 관심이 지대하더군요."

제임스 윤이 덧붙였다.

'일부러 불렀다.'

그 이야기를 듣는 순간, 느낌이 딱 왔다.

아까 제임스 윤은 빌 머레이가 약속도 없이 갑자기 연락해서 찾아온 것처럼 말했다.

그렇지만 실상은 달랐다.

아마 제임스 윤이 빌 머레이를 이 자리에 초대했던 것이리라.

그리고 그가 빌 머레이를 이 자리에 초대한 이유는 박건과 했던 약속을 지키기 위해서였으리라.

'고맙네.'

제임스 윤 입장에서는 박건의 부탁을 들어주지 않아도 그만이었다.

박건은 더 이상 청우 로열스 소속 선수도 아니었고, 제임스 윤과 박건이 아주 각별한 사이도 아니었기 때문이었다.

그런데 그는 박건이 했던 부탁을 들어주기 위한 방법을 끝까지 찾았고, 약속을 지키기 위해서 일부러 미국까지 건너온 셈이었다.

그러니 어찌 고맙지 않을까.

그때, 빌 머레이가 다시 입을 뗐다.

"200만 달러입니다."

"필라델피아 필리스의 입찰액이 200만 달러였단 말씀입니까?"

"그렇습니다."

빌 머레이는 굳이 입찰액을 감추려 들지 않았다.

그런 그가 잠시 후 덧붙였다.

"단장이 쪼잔해서 좋은 선수를 놓쳤죠."

*   *   *

'이래도… 되나?'

박건이 살짝 당황했다.

빌 머레이는 필라델피아 필리스 구단 소속 스카우트 팀 직원이었다.

그리고 필라델피아 필리스의 단장은 그의 직속 상사였다.

그럼에도 불구하고 빌 머레이는 거침없이 단장을 깠다.

말 그대로 상사 험담을 한 것이었다.

물론 이 자리에 험담의 당사자인 필라델피아 필리스의 단장은 동석하지 않았다.

그렇지만 박건과 제임스 윤의 앞에서 거리낌 없이 쪼잔하다고 단장을 험담하는 빌 머레이의 모습.

무척 낯설게 느껴지는 것은 사실이었다.

그로 인해 당혹스러운 표정을 지은 채 빌 머레이를 힐끗 살핀 박건이 고개를 갸웃했다.

정작 상사의 험담을 한 당사자인 빌 머레이는 조금의 거리낌도 없는 당당한 기색이었기 때문이었다.

'이것도 문화 차이인가?'

박건의 생각이 거기까지 미쳤을 때였다.

"왜 그러십니까?"

박건의 표정이 당혹스럽게 변한 것을 확인한 빌 머레이가 오히려 이유를 물었다.

"아닙니다."

박건이 대답했을 때, 이용운이 흥분한 목소리로 말했다.

"역시 미국에 건너오길 잘한 것 같다."

"왜요?"

"상사한테도 거침없이 독설을 날리잖아. 딱 내 스타일이야. 내가 한국에서 성공을 거두지 못했던 건 아메리칸 스타일이었기 때문이었던 거야."

"아쉽네요."

"뭐가?"

"그걸 너무 늦게 아신 것 같아서요."

"그러게 말이다. 죽기 전에 알았으면 좋았을걸."

이용운이 한숨을 푹 내쉬며 아쉬움을 표출할 때, 빌 머레이가 다시 말했다.

"저는 박건 선수를 무조건 영입해야 한다고 강조하는 스카우팅 리포트를 작성해서 제출했습니다. 그런데 쪼잔한 단장이 포스팅에 고작 200만 달러를 입찰한 탓에 박건 선수를 놓치고 말았죠. 301만 달러를 입찰한 뉴욕 메츠에 협상권을 빼앗기고 난 후 무척 많이 아쉬웠습니다. 그래서 나름대로 조사를 해봤습니다."

"무슨 조사를 했단 겁니까?"

"다른 구단 스카우터들의 생각도 궁금했거든요. 그래서 우선 박건 선수를 영입하기 위해서 입찰했던 구단들을 확인해 봤습니다. 그 결과 메이저리그 다섯 개 구단이 박건 선수의 포스팅에 입찰했다는 사실을 알아냈습니다."

"어느 구단들인지 알 수 있습니까?"

"뉴욕 메츠와 필라델피아 필리스, 그리고 나머지 세 구단은 밀워키 브루워스, 피츠버그 파이어리츠, 애틀랜타 브레이브스입니다."

박건이 두 눈을 빛냈다.

마침내 자신의 포스팅에 참여했던 메이저리그 구단들에 대한 정보를 알아냈기 때문이었다.

'공통점은… 모두 내셔널리그 소속 팀들이란 것이네.'

잠시 후 박건이 자신의 포스팅에 입찰했던 메이저리그 구단들의 공통점을 알아내는 데 성공했다.

내셔널리그와 아메리칸리그.

메이저리그는 양대 리그 체제로 운영되고 있었다. 그리고 내셔널리그와 아메리칸리그의 가장 큰 차이점은 지명타자의 활용 여부였다.

내셔널리그의 경우, 지명타자를 활용하지 않기 때문에 투수도 타석에 들어섰다.

반면 아메리칸리그의 경우에는 지명타자를 활용하기 때문에 투수가 타석에 들어서지 않았다.

'그 차이점이 이런 결과가 나온 이유일 거야.'

박건이 속으로 생각했을 때였다.

"내 계산이 맞았다."

이용운이 덧붙였다.

"투타 겸업이 가능하다는 후배의 장점에 메이저리그 스카우터들과 단장들이 흥미를 느낀 것이다. 투수도 타석에 들어서는 내셔널리그에 속해 있는 구단들만 후배의 포스팅에 입찰했다는 것이 그 증거다. 일찌감치 메이저리그에 진출할 것을 대비해서 후배에게 투타 겸업을 하도록 지시했던 내 혜안이 빛을 발한 셈이라 할 수 있는 것이지."

이용운의 주장은 틀린 부분이 없었다.

뉴욕 메츠를 비롯한 내셔널리그 구단들만 박건의 포스팅에 입찰했던 이유는 투타 겸업이 가능하다는 점에 매력을 느꼈기 때문이었다.

그것 외에는 달리 이 부분을 설명할 방법이 없었다.

그럼에도 불구하고 박건은 뚱한 표정으로 대꾸했다.

"그렇게 본인 얼굴에 금칠하면 좋습니까?"

"지금 내 얼굴에 금칠한 게 중요한 게 아니다."

"그럼 뭐가 중요합니까?"

"입찰액을 알아내는 게 중요하지."

'알아냈을까?'

박건이 반신반의하는 표정으로 빌 머레이를 바라보았다.

그는 자신의 포스팅에 입찰한 메이저리그 구단들의 면면을 조사해서 알아냈다.

그렇지만 정확한 입찰액까지 알아내는 것은 무척 어려운 일이었다.

해서 큰 기대를 품지 않은 채 박건이 물었다.

"혹시 입찰액도 알고 계십니까?"

"제가 알아본 바로는 꼴찌입니다."

"……?"

"필라델피아 필리스의 입찰액이 박건 선수의 포스팅에 참여했던 다섯 개 구단 입찰액 가운데 가장 적다는 뜻입니다."

*   *   *

'200만 달러가 꼴찌다?'

빌 머레이의 설명을 들은 박건이 깜짝 놀랐다.

가장 많은 입찰액을 써낸 구단인 뉴욕 메츠는 301만 달러.

가장 적은 입찰액을 써낸 구단인 필라델피아 필리스는 200만 달러.

그럼 나머지 세 구단의 입찰액은 200만 달러 이상 301만 달러 미만이란 뜻이었다.

'입찰액에 큰 차이가 없었다. 그리고… 입찰액이 예상보다 컸다.'

빌 머레이가 건넨 정보를 듣고 박건이 떠올린 두 가지 생각이었다.

자신의 포스팅에 입찰했던 다섯 개 구단이 모두 200만 달러 이상의 입찰액을 써냈다는 점은 선수 박건의 가치를 인정했다는 뜻이었다.

'더 궁금해지네.'

그리고 포스팅 입찰액에 큰 차이가 없다는 사실을 알고 나자, 나머지 구단들의 입찰액이 더욱 궁금해졌다.

"혹시 나머지 구단들의 정확한 입찰액도 알 수 있을까요?"

박건이 더 참지 못하고 질문하자, 빌 머레이가 입을 뗐다.

"대략의 액수까지는 알아냈지만, 정확한 액수까지는 알아낼 수 없었습니다. 이건 무척 민감한 부분이거든요."

그 이야기를 들은 박건이 못내 아쉬운 기색을 드러냈을 때였다.

"그렇지만 애틀랜타 브레이브스의 포스팅 입찰액은 알고 있습니다."

"그건 어떻게 알아냈습니까?"

"술을 마시다가 알게 됐습니다."

"······?"

"애틀랜타 브레이브스의 극동 지역 스카우트 담당자와 제가 무척 친합니다. 박건 선수의 포스팅에서 쪼잔한 단장 때문에 제대로 물을 먹고 난 후, 기분이 더러워서 그 친구와 함께 술을 마셨습니다. 그런데 그 친구가 그날따라 유독 과음을 하더군요. 평소 과음하는 스타일이 아니었기 때문에 제가 과음하는 이유에 대해서 물었더니, 그 친구 역시 박건 선수의 포스팅 경쟁에서 아쉽게 물을 먹었기 때문에 기분이 더럽다고 하더군요. 그래서 단장 욕을 실컷 하던 그 친구가 손가락 하나를 펼쳤었습니다."

"손가락 하나를 펼쳤다는 게 무슨 의미입니까?"

"1만 달러라는 뜻이었습니다."

"1만 달러요?"

"겨우 1만 달러 차이로 인해 박건 선수를 놓쳤다고 아쉬워하더군요."

'1만 달러 차이라면?'

뉴욕 메츠의 포스팅 입찰액은 301만 달러.

그보다 1만 달러가 적었다면 애틀랜타 브레이브스의 포스팅 입찰액은 300만 달러였다는 뜻이었다.

'말 그대로 한 끗 차이였구나.'

300만 달러와 301만 달러.

불과 1만 달러 차이로 포스팅 경쟁의 승자가 바뀐 셈이었다.

결국 1만 달러를 더 적어낸 뉴욕 메츠 잭 니퍼트 단장의 선택이 포스팅 결과를 바꾼 셈이었다.

그 사실을 알게 된 순간, 박건이 부지불식간에 한숨을 내쉬었다.

"아쉬우냐?"

그때, 이용운이 불쑥 물었다.

"왜 제가 아쉬워한다고 생각하신 겁니까?"

"한숨을 내쉬었으니까."

"조금… 아쉽긴 하네요."

박건이 더 버티지 못하고 솔직하게 말했다.

잭 니퍼트 단장과 미겔 카브레라 감독 사이의 불화로 인해 박건은 가시방석에 앉은 것과 다름없을 정도로 곤란한 상황에 처해 있었다.

'만약 뉴욕 메츠가 아니라 애틀랜타 브레이브스가 포스팅의 승자가 됐다면?'

지금과는 상황이 또 달라졌을 거란 생각 때문에 부지불식간에 아쉬운 마음이 들었던 것이었다.

"너무 아쉬워하지 마라."

"하지만……."

"인생이 너무 평탄하면 재미가 없는 법이니까."

이용운이 위로하듯 말했다.

"그리고 아직 끝난 게 아니다."

"무슨 말씀이십니까?"

"인생 모른다는 뜻이다."

"……?"

"뭐, 최악의 경우에는 애틀랜타 브레이브스로 이적하면 되니까."

*　　　　*　　　　*

"그게… 쉽겠습니까?"

박건이 불안한 표정으로 묻자, 이용운이 대답했다.

"마음은 확인했지 않느냐?"

뜬금없이 마음 타령을 하는 이용운에게 박건이 불퉁한 목소리로 물었다.

"무슨 마음을 확인했단 겁니까?"

"후배에 대한 애틀랜타 브레이브스 프런트의 애정 말이다."

"애정… 요?"

"300만 달러 정도면 후배에게 애정이 있다는 것을 증명한 셈이지. 게다가 아까 빌 머레이도 말하지 않았느냐? 후배를 놓치고 애틀랜타 브레이브스의 극동 지역 스카우트 팀장이 많이 아쉬워했다고."

"하지만……."

"선택지는 의외로 많다. 후배의 포스팅에 참여했던 구단들의 입찰액을 통해서 메이저리그 구단들의 후배에 대한 애정이 예상보다 크다는 것을 알 수 있었으니까. 그러니 지금 후배가 해야 할 일은 하나다."

"뭡니까?"

"현재 위치에서 야구를 열심히 하는 것. 뉴욕 메츠에서 자리를 잡고 성공하는 편이 최선의 상황인 것은 사실이니까."

박건이 고개를 끄덕였을 때였다.

"오늘 술 한잔해야지."

"술?"

"그래. 갑자기 술이 당기네."

"왜 술이 당기는 거지?"

"박건 선수의 오늘 경기를 보고 아쉬움이 더 커졌거든."

"……?"

"적응을 잘했더라고."

빌 머레이와 제임스 윤이 대화를 나누었다.

그 대화에 귀를 기울이던 박건이 두 눈을 빛냈다.

"돌아가면 캡틴에게 조언을 해야겠습니다. 아무래도 박건 선수의 KBO 리그 복귀는 시간이 한참 걸릴 것 같으니까 짝사랑은 그만두 라고 말입니다. 메이저리그에 적응을 잘하고 있으니까요."

박건과 인사를 나누던 제임스 윤이 건넸던 말이었다.

그리고 필라델피아 필리스 구단 스카우터인 빌 머레이 역시 박건이 메이저리그에 적응을 잘했다고 평가했다.

'왜 이런 후한 평가를 내리는 거지?'

그 평가에 박건이 의구심을 품었다.

오늘 경기에서 3안타를 몰아 치면서 타율이 급상승하긴 했지 만, 오늘 경기 이전까지 박건의 시범경기 타율은 고작 이 할에 불과했었기 때문이었다.

"왜 제가 적응을 잘했다고 평가하시는 겁니까?"

박건이 참지 못하고 질문하자, 빌 머레이가 웃으며 대답했다.

"타구의 비거리가 늘었으니까요."

*　　　　*　　　　*

"대체 왜 박건 선수의 포스팅에 200만 달러라는 턱없이 낮은 금액을 입찰했느냐? 쪼잔한 단장을 찾아가서 따졌던 적이 있습니다. 그때 쪼잔한 단장이 이렇게 대답했습니다. 박건이란 선수는 두 가지 불안 요소를 갖고 있다. 첫 번째 불안 요소는 KBO 리그라는 검증되지 않은 리그에서 활약했다는 점이고, 두 번째 불안 요소는 장타력이 검증되지 않은 점이라고."

박건이 고개를 끄덕여 수긍했다.

빌 머레이의 표현대로라면 쪼잔(?)한 필라델피아 필리스의 단장은 박건이 안고 있는 불안 요소들을 정확히 꿰뚫어 보고 있었기 때문이었다.

그때, 빌 머레이가 말을 이었다.

"쪼잔한 단장이 밝혔던 첫 번째 불안 요소는 극복할 수 없는 부분입니다."

빌 머레이의 표현대로였다.

KBO 리그가 검증되지 않은 리그라는 인식을 박건이 당장 바꿀 수 있는 방법은 없었기 때문이었다.

"그렇지만 두 번째 불안 요소는 극복이 가능한 부분입니다. 그리고 박건 선수는 시범경기를 통해서 그 불안 요소를 극복할 수 있다는 가능성을 선보였습니다."

"어떤 면에서 가능성을 엿봤다는 겁니까?"

"오늘 경기 박건 선수의 두 번째 타석이었습니다."

"두 번째 타석이라면……."

"투수의 커터를 공략해서 박건 선수가 때려낸 타구의 타이밍은 좋았지만 배트 중심에 걸리지 않았습니다. KBO 리그 시절 박건 선수였다면 아마 평범한 외야플라이가 됐을 겁니다. 그렇지만 박건 선수의 타구는 외야수가 포구에 실패했을 정도로 멀리 뻗었죠. 이것이 박건 선수의 타구 비거리가 늘어났다는 증거이죠. 그리고 이 부분이 제가 메이저리그에 적응을 잘했다고 평가한 이유입니다. 본인의 약점을 정확하게 캐치하고 최단 시간 안에 그 약점을 메우는 데 성공했으니까요."

빌 머레이의 말이 끝난 순간, 제임스 윤도 고개를 끄덕여 동의했다.

'예리하네.'

박건이 감탄했다.

빌 머레이와 제임스 윤.

능력이 뛰어난 스카우터들은 확실히 보는 눈이 달랐다.

오늘 경기에서 박건이 때렸던 타구를 통해서 박건이 그동안 웨이트에 치중해서 타구의 비거리를 늘렸다는 점을 정확히 간파했다.

'올바른 방향으로 나아가고 있어.'

두 사람의 칭찬을 통해서 박건은 자신이 올바른 방향으로 나아가고 있다는 확신을 가질 수 있었다.

'역시 선배님이야.'

그런 박건이 새삼 이용운에게 감탄했다.

바꿀 수 있는 것과 바꿀 수 없는 것을 분류하고, 바꿀 수 있는 것에 집중하라던 이용운의 조언이 빛을 발했던 셈이었기 때문이었다.

'만약 나 혼자였다면?'

무엇이 약점인지, 또 해결해야 할 약점의 우선순위도 몰라서 헤매다가 시간을 다 흘려보냈으리라.

'얼굴에 금칠할 자격 있네.'

해서 박건이 속으로 생각하며 흐릿한 미소를 머금었을 때였다.

"마지막으로 제가 조언을 하나 드려도 될까요?"

빌 머레이가 정중하게 제안했다.

"경청하겠습니다."

오랫동안 메이저리그 구단에서 스카우터로 일한 빌 머레이는 경험이 풍부했다.

또, 박건에 대해 관심을 갖고 지켜본 상황.

그가 하는 조언은 분명히 큰 도움이 될 터였다.

그래서 박건이 귀를 열고 있을 때, 빌 머레이가 말했다.

"미겔 카브레라 감독을 조심해야 합니다."

*   *   *

뉴욕 메츠 VS 애틀랜타 브레이브스.

메이저리그 시범경기 일정도 어느덧 막바지에 다다라 있었다.

뉴욕 메츠는 애틀랜타 브레이브스와의 경기를 제외하고 나머지 한 경기만 더 남겨두고 있었다.

그리고 애틀랜타 브레이브스와의 시범경기 선발 출전 명단에 박건은 이름을 올렸다.

시범경기 내내 박건과 페테르 알론조는 좌익수 포지션을 두고 번갈아 경기에 출전하고 있는 상황.

시범경기 최종전에는 페테르 알론조가 출전할 가능성이 높았다.

따라서 박건에게는 애틀랜타 브레이브스와의 경기가 실질적으로 마지막 시범경기인 셈이었다.

*   *   *

"마음에 드는구나."

박건이 선발 라인업에 이름을 올린 것을 확인한 후, 이용운은 만족한 기색을 드러냈다.

애틀랜타 브레이브스에 이어 콜로라도 로키스와의 경기를 끝으로 뉴욕 메츠의 시범경기 일정은 끝이 나는 상황.

그리고 이용운은 내심 콜로라도 로키스가 아닌 애틀랜타 브레이브스와의 경기에 박건이 출전하기를 바라고 있었다.

그런데 그 바람이 이뤄졌기 때문에 만족한 것이었다.

"왜 마음에 드신 겁니까?"

이용운의 말이 끝나기 무섭게 박건이 이유를 질문했다.

"시범경기 상대가 후배에게 애정이 가장 많은 구단인 애틀랜타 브레이브스라는 점이 마음에 든다."

뉴욕 메츠와 박건의 동행.

어쩌면 그리 길지 않을 수도 있었다.

해서 이용운은 그 상황에 대한 대비책을 마련해 두고 싶었다.

'후보군은 일단 넷.'

만약 뉴욕 메츠와 박건의 동행이 끝이 난다면, 박건의 차기 행선지로 꼽을 수 있는 후보군은 크게 네 구단으로 범위를 좁힐 수 있었다.

뉴욕 메츠와 함께 박건의 포스팅에 참여했던 내셔널리그에 속해 있는 네 구단들.

그리고 애틀랜타 브레이브스 역시 네 구단 중 한 곳이었을 뿐만 아니라, 포스팅 입찰액이 가장 컸던 구단이었다.

즉, 박건에 대한 애정이 가장 컸었고, 그만큼 포스팅 경쟁에서 간발의 금액 차이로 밀렸을 당시 미련도 컸을 터.

그런 애틀랜타 브레이브스를 상대로 박건이 빼어난 활약을 펼친다면?

애틀랜타 브레이브스는 박건에게 강렬한 인상을 받으며 더 큰 미련을 가질 확률이 높았다.

"그런 의미에서 오늘은 잘해야 한다."

이용운의 당부를 들은 박건이 대답했다.

"잘할 자신 있습니다."

　　　　*　　　　　*　　　　　*

　뉴욕 메츠와 애틀랜타 브레이브스의 시범경기 선발 라인업에 포함된 박건의 타순은 1번.

　처음으로 리드오프 임무를 부여받았다.

　"왜 제게 리드오프 임무를 맡긴 걸까요?"

　미겔 카브레라 감독이 시범경기 막바지에 돌연 자신에게 리드오프 임무를 맡긴 이유에 대해서 박건이 고민했다.

　"브랜든 니모가 부진해서일까요?"

　기존에 리드오프 임무를 맡았던 브랜든 니모는 시범경기에서 1할대 중반의 빈타에 허덕이고 있었다.

　미겔 카브레라 감독이 팀 공격의 활로가 막힌 것에 답답함을 느끼며 새로운 리드오프 후보를 찾는다고 해도 이상한 일이 아니었다.

　"아니면, 제 발이 빠른 것을 알게 됐기 때문일까요?"

　박건이 가능성이 있는 이유들을 하나씩 입에 올리고 있을 때, 이용운이 말했다.

　"이거다."

　"그러니까 제 발이 빨라서 리드오프 임무를 맡겼단 뜻입니까?"

　"아니."

　"그럼……?"

　"후배의 머릿속에 생각들이 많아지도록 만들기 위함이란 뜻이다."

"……?"

"어쩌면 그게 미겔 카브레라 감독이 후배에게 리드오프 임무를 맡긴 진짜 목적일 수도 있단 생각이 퍼뜩 들었다."

이용운은 음모론을 펼쳤다.

'설마?'

그렇지만 박건은 미겔 카브레라 감독이 그런 의도로 자신의 타순을 조정했다는 것은 믿기 어려웠다.

"지금 후배에게 필요한 것은 하나다."

"무엇입니까?"

"리드오프 임무를 부여받았다는 것을 잊어버려라."

"하지만……."

"리드오프 임무를 부여받았으니까 출루에 더 신경을 써야겠다는 생각을 아예 머릿속에서 지워 버리란 뜻이다. 그냥 2번이나 6번 타순에 포진했다고 생각하고 타석에 임해라."

박건이 천천히 고개를 끄덕이며 타석으로 향했다.

오늘 경기 애틀랜타 브레이브스의 선발투수는 케빈 가우즈만.

지난 시즌 신시내티 레즈의 5선발로 활약했던 투수였고, 올 시즌을 앞두고 트레이드로 애틀랜타 브레이브스에 합류한 투수였다.

'직구, 슬라이더, 그리고 싱커. 쓰리 피치 유형의 사이드암 투수.'

박건이 케빈 가우즈만에 관한 정보를 머릿속에 떠올렸을 때였다.

슈악.

케빈 가우즈만이 초구를 던졌다.

몸쪽 낮은 코스로 파고들던 공이 아래로 쑥 가라앉았다.

"볼."

싱커를 잘 참아낸 박건이 두 눈을 빛냈다.

'직구 구속은 140㎞대 후반, 사이드암 투수임을 감안하면 공이 빠른 편이긴 하지만, 타이밍을 맞출 수 있다.'

이런 확신을 품은 채 박건이 타격자세를 취했다.

슈아악.

케빈 가우즈만이 2구로 선택한 공은 몸쪽 직구.

박건이 망설이지 않고 힘껏 배트를 휘둘렀다.

딱.

'살짝 밀렸다?'

타격음이 흘러나온 순간, 박건이 슬쩍 눈살을 찌푸렸다.

구종 예측은 적중했다.

다만 코스 예측이 틀렸다.

바깥쪽 직구를 예상했는데 몸쪽 직구가 들어온 탓에 타격 타이밍이 살짝 늦은 느낌이었다.

'외야플라이가 되지 않을까?'

좌중간으로 날아가는 타구를 힐끗 살핀 박건이 전력 질주를 시작했다.

타구의 비거리가 예상보다 길다는 것을 확인했기 때문이었다.

탁.

1루 베이스를 통과하는 순간, 이용운의 목소리가 들려왔다.

"좌익수의 키를 넘겼다."

워닝트랙 근처에서 좌익수에게 잡힐 거라 예상했던 타구의 비거리는 짐작했던 것보다 더 길었다.

타구가 좌익수의 키를 넘겼다는 이야기를 들은 박건은 어느새 2루 베이스 근처에 다다라 있었다.

"펜스를 직격하고 튀어나온 타구의 방향이 백업을 들어온 중견수의 예측과는 다른 방향으로 튀었다. 3루까지 노려라."

타다닷.

그 이야기를 듣자마자 박건이 달리는 속도를 더 끌어 올렸다.

"슬라이딩해."

이용운의 지시대로 3루 베이스 근처에 도달한 박건이 헤드퍼스트슬라이딩을 감행했다.

탓.

퍽.

박건의 손끝이 베이스에 닿은 것이 3루수의 태그가 등에 닿은 것보다 더 빨랐다.

"세이프."

3루심이 세이프를 선언한 순간, 박건이 베이스에서 손을 떼지 않은 채 몸을 일으켰다.

'확실히 비거리가 늘었어.'

잠시 후, 박건의 표정이 밝아졌다.

*　　　*　　　*

1—0.

박건이 3루타를 때려내며 찾아온 1사 3루의 득점 찬스에서 3번 타자 미구엘 콘포토는 큼지막한 외야플라이를 때렸다.

그사이, 3루 주자인 박건이 태그업을 시도해서 여유 있게 홈으로 파고들면서 뉴욕 메츠는 선취점을 올렸다.

1회 말, 애틀랜타 브레이브스의 공격.

뉴욕 메츠의 선발투수는 크리스 오스왈트였다.

그렇지만 크리스 오스왈트는 제구가 흔들리면서 경기 초반부터 위기를 자초했다.

1번 타자 아지 알비스에게 볼넷.

2번 타자 조쉬 도날드슨에게는 중전안타를 허용했다.

무사 1, 2루 상황에서 3번 타자 프레디 프리먼을 상대로 유격수 땅볼을 유도해 내는 데 성공하며 위기를 넘기는 듯했지만, 수비에서 실책이 나왔다.

유격수의 송구를 받은 2루수가 병살플레이를 완성하기 위해서 송구를 서두르다가 공을 떨어트린 것이었다.

1루 주자는 2루에서 포스아웃 됐지만, 타자주자는 1루에서 세이프 판정을 받았다.

병살플레이로 연결되면서 2사 3루로 바뀌어야 할 상황이 2루수의 수비 실책이 나오면서 1사 1, 3루로 바뀐 상황.

수비의 도움을 받지 못하며 더 큰 위기에 처한 크리스 오스왈트의 제구는 더욱 흔들렸다.

슈아악.

애틀랜타 브레이브스의 4번 타자 로널드 아쿠냐 주니어를 상대하던 크리스 오스왈트는 2볼 1스트라이크의 볼카운트에서 회심의 몸쪽 직구를 던졌다.

그렇지만 제구가 뜻대로 되지 않은 탓에 너무 깊었다.

퍼억.

크리스 오스왈트의 손을 떠난 직구는 로널드 아쿠냐 주니어의 허벅지 부근을 맞췄다.

1사 만루로 바뀐 상황.

타석에는 5번 타자 찰리 컬버슨이 들어섰다.

'기다리지 않을까?'

타격 준비를 마친 찰리 컬버슨을 보며 박건이 떠올린 생각이었다.

수비의 도움을 받지 못한 선발투수 크리스 오스왈트는 경기 초반 제구가 흔들리고 있는 상황.

그렇기 때문에 찰리 컬버슨이 공 하나를 기다릴 거라 예상한 것이었다.

하지만 박건의 예상은 빗나갔다.

슈아악.

따악.

찰리 컬버슨은 초구부터 과감하게 공략했다.

크리스 오스왈트의 바깥쪽 직구를 잡아당긴 타구가 좌익수 방면으로 향했다.

'이것도 달라.'

KBO 리그의 경우, 엇비슷한 상황에서 타자가 공 하나 내지 두 개를 기다렸을 것이었다.

그렇지만 찰리 컬버슨은 기다리지 않고 초구부터 과감하게 공략했다.

'더 적극적이야.'

메이저리그 타자들이 KBO 리그 타자들에 비해 타석에서 더 적극적인 성향이라는 데까지 박건의 생각이 미쳤을 때였다.

"왔다."

이용운이 상기된 목소리로 말했다.

그리고 박건은 이용운이 기대하고 있는 것이 보살임을 알아챘다.

'가능해.'

찰리 컬버슨이 때린 외야플라이는 깊지 않았다.

원래 수비위치에서 우측으로 약 이 미터가량 이동한 박건이 타구를 잡자마자 3루 주자를 살폈다.

타다닷.

3루 주자인 아지 알비스가 태그업을 시도하는 것을 확인한 박건이 지체 없이 홈으로 송구했다.

슈아악.

박건의 강하고 정확한 홈송구는 기다리고 있던 포수의 미트에 정확하게 도착했다.

쉬이익.

탁.

아지 알비스가 슬라이딩을 시도했지만, 미리 공을 갖고 기다리고 있던 포수의 태그를 피하기는 역부족이었다.

"아웃."

주심이 아웃을 선언하며 1회 말 애틀랜타 브레이브스의 공격이 득점 없이 끝났다.

제2장

3회 초 뉴욕 메츠의 공격.

2사 주자 없는 상황에서 박건이 타석에 들어섰다.

애틀랜타 브레이브스의 마운드는 여전히 케빈 가우즈만이 지키고 있었다.

오늘 경기 두 번째 타석에 들어선 박건이 크게 심호흡을 했다.

첫 타석에서 3루타를 때려냈지만, 아직 만족하기에는 일렀다.

시범경기 마지막 경기일 확률이 무척 높은 오늘 경기에서 좀 더 강렬한 임팩트를 남기고 싶었다.

'과감하게 스윙하자.'

직구와 슬라이더, 그리고 싱커를 던지는 쓰리 피치 유형의 투수인 케빈 가우즈만이었지만, 오늘 경기에서는 직구와 싱커만을 주로 구사하고 있었다.

'직구는 초구로 구사하지 않을 거야.'

첫 타석에서 케빈 가우즈만은 박건에게 직구를 던지다가 3루타를 허용했었다.

그 잔상이 기억 속에 남아 있을 터.

박건을 상대로 초구부터 과감한 직구 승부를 펼칠 확률은 낮았다.

'그럼 싱커?'

직구를 배제하자 싱커만 남았다.

그런 박건의 구종 예측은 적중했다.

슈악.

케빈 가우즈만은 초구로 싱커를 구사했다.

기다렸다는 듯이 배트를 휘두르던 박건이 도중에 스윙을 멈췄다.

너무 일찍 꺾여 버린 몸쪽 싱커는 원바운드를 일으킨 후 포수의 미트로 들어갔을 정도로 낮았기 때문이었다.

"볼."

박건의 배트가 돌지 않았다고 판단한 주심은 볼을 선언했다.

가장 자신 있는 구종인 싱커마저 뜻대로 제구가 되지 않기 때문일까.

포수로부터 공을 돌려받은 케빈 가우즈만이 한숨을 내쉬었다.

그런 그는 바로 투구 동작으로 돌입하지 못했다.

글러브 속에 넣은 공을 손으로 빙글 돌리다가 마음에 들지 않는 듯 주심에게 공을 교체해 달라고 요구했다.

'머릿속이 복잡해.'

케빈 가우즈만의 행동을 유심히 살피던 박건이 떠올린 생각이었다. 그리고 그의 머릿속이 복잡한 이유는 던질 공이 마땅치 않아서였다.

아까도 말했듯 첫 타석의 잔상이 강하게 남아 있기 때문에 박건을 상대로 과감한 직구 승부를 펼치는 것은 결코 쉽지 않을 것이었다.

케빈 가우즈만 입장에서 가장 최선은 싱커를 구사해서 내야 땅볼을 유도하는 것.

그렇지만 현재 그는 싱커 제구가 뜻대로 되지 않는 상황이었다.

게다가 박건은 초구에 싱커가 들어올 것을 예측하고 지체 없이 스윙을 가져갔었다.

비록 싱커가 너무 낮았던 탓에 도중에 스윙을 멈추긴 했지만, 무척 적극적이었던 박건의 스윙을 케빈 가우즈만도 지켜보았었다.

'싱커를 노린다.'

초구 싱커가 들어왔을 때 박건이 타석에서 보인 반응을 통해 케빈 가우즈만은 박건이 싱커를 노리고 있다고 판단했을 가능성이 높았다.

'남은 건 슬라이더.'

로진백을 집어 들고 있는 케빈 가우즈만을 바라보던 박건이 떠올린 생각이었다.

2구째로 직구와 싱커를 선뜻 구사할 수 없는 상황.

케빈 가우즈만에게 남은 선택지는 슬라이더뿐이었다.

'아껴둔 슬라이더 카드를 지금 꺼내 들 확률이 높아.'

박건이 수 싸움을 마친 순간, 케빈 가우즈만이 투구 동작으로 돌입했다.

슈악.

케빈 가우즈만의 손에서 공이 떠난 순간, 박건은 구종 예측이 적중했음을 알아챘다. 그리고 첫 타석 때와 다른 점은 슬라이더를 던질 거란 구종 예측만 적중한 게 아니라, 코스 예측도 적중했다는 점이었다.

'장타를 의식하기 때문에 몸쪽 승부는 어려울 거야.'

바깥쪽 슬라이더가 홈플레이트를 통과한 순간, 중심을 이동시키며 힘껏 휘두른 박건의 배트 중심에 공이 걸렸다.

따악.

묵직한 타격음이 흘러나온 순간, 박건이 배트를 내던졌다.

'넘어갔다.'

완벽한 타이밍에 배트 중심에 걸린 타구였기에 박건은 맞는 순간, 홈런이 될 거라고 확신했다.

마음 같아서는 타석에서 여유 있게 타구를 감상하고 싶었다.

'설레발은 치지 말자.'

그렇지만 설레발을 치다가 큰 망신을 당했던 경험이 이미 있기에 박건은 타구 감상을 포기하고 1루로 내달렸다.

잠시 후, 박건의 귓가로 이용운의 목소리가 파고들었다.

"메이저리그 진출 후 첫 홈런을 때려낸 것을 축하한다."

　　　　　　　*　　　　　　*　　　　　　*

　"해냈다."

　더그아웃으로 돌아온 박건의 입가에 미소가 번졌다.

　오늘 경기 두 번째 타석에서 기록했던 솔로홈런은 큰 의미가
있었다.

　2—0.

　경기 내적으로도 리드를 두 점 차로 벌리는 의미가 있었지만,
개인적으로도 큰 의미가 있었다.

　"시범경기가 끝나기 전에 달라진 모습을 증명해야 한다."

　이용운이 했던 조언이었다.

　박건에게 주어졌던 미션은 타구의 비거리를 늘리는 것.

　그 미션을 달성하기 위해서 꾸준히 웨이트에 치중하던 박건은
일시적인 타격 슬럼프에 빠졌었다.

　근육량이 늘어나면서 자연스레 달라진 스윙 폼과 배트 스피
드에 적응하는 데 어려움을 겪었기 때문이었다.

　'차라리 예전으로 돌아가는 편이 낫지 않을까?'

　이런 유혹이 도중에 들었던 것이 수십 차례.

　그렇지만 박건은 생존을 위해서 그 유혹을 떨쳐냈다. 그리고
시범경기가 후반부로 접어들고 난 후, 박건은 몸의 변화에 서서
히 적응했다.

타구의 비거리가 눈에 띄게 늘어난 것이 달라진 몸에 어느 정도 적응했다는 증거였다.

훈련의 성과가 드러나기 시작했지만, 박건은 못내 아쉬움이 남았다.

방점을 찍고 싶다는 욕심이 있었기 때문이었다.

그 방점은 다름 아닌 홈런.

그리고 마지막 시범경기가 될 확률이 높은 오늘 경기에서 박건은 그간의 훈련 성과의 방점을 찍는 데 성공했다.

그러니 어찌 기쁘지 않을까?

6회 초, 뉴욕 메츠의 공격.

박건이 대기타석을 향해 걸어갈 채비를 시작했을 때였다.

"준비할 필요 없다."

이용운이 불쑥 말했다.

'왜 준비할 필요가 없다는 거지?'

박건이 의구심을 품었을 때, 이용운이 덧붙였다.

"미겔 카브레라 감독이 대타자 기용을 지시했다."

*   *   *

'왜… 대타자를 기용하는 거지?'

자신이 교체된다는 사실을 알게 된 후, 일단 의문이 깃들었다.

아무리 생각해 봐도 자신의 타석에서 대타자를 기용할 이유가 없었기 때문이었다.

"왜 대타자를 기용하는 겁니까?"

"그 이유까지는 나도 모르지."

"하지만……."

"열 길 물속은 알아도 한 길 사람 속은 모르는 법이니까."

이용운도 그 의문에 대한 답을 해주지 못했다.

그로 인해 답답한 표정을 짓던 박건이 떠올린 것은 사이클링 히트였다.

지난 경기에서 박건은 한 차례 사이클링히트라는 대기록을 작성할 기회를 아깝게 놓쳤었다.

당시에 대기록 달성이 무산된 것이 더욱 아쉬웠던 이유는 아깝게 사이클링히트를 달성할 기회를 놓쳤기 때문이 아니었다.

대기록을 달성할 수 있는 기회조차 부여받지 못했기 때문이었다.

실제로 사이클링히트를 무산시켰던 미겔 카브레라 감독의 용병술에 의문과 불만을 품은 것은 박건만이 아니었다.

제임스 윤과 빌 머레이를 포함한 많은 사람들이 미겔 카브레라 감독의 용병술에 의문과 불만을 드러냈다.

그런데 그 경기가 끝이 아니었다.

미겔 카브레라 감독은 오늘 경기에서도 박건으로서는 좀체 납득하기 어려운 경기 중 교체 지시를 내렸다.

첫 타석은 3루타.

두 번째 타석은 홈런.

이전 두 타석에서 박건은 이미 3루타와 홈런을 기록했다. 그리고 오늘 경기 리드오프 임무를 부여받고 출전한 만큼, 박건에게는 앞으로 최소 세 차례 이상 타석에 설 기회가 남아 있었다.

그 세 차례의 타석 가운데서 2루타와 단타 하나씩만 더 추가하면 박건은 사이클링히트라는 대기록을 달성할 수 있었다.

물론 박건이 남아 있는 세 차례의 타석에서 2루타와 단타를 무조건 하나씩 더 때려낼 수 있는 것은 아니었다.

첫 번째 타석과 두 번째 타석에서 3루타와 홈런을 기록했다고 해도, 남은 세 타석 모두 삼진과 범타로 물러날 수도 있는 게 야구였다.

그렇지만 사이클링히트라는 대기록을 달성할 수 있는 가능성이 무척 높아졌다는 것은 부인할 수 없는 팩트였다.

홈런과 3루타.

사이클링히트라는 대기록을 달성할 때, 가장 어려운 것들이었다.

그런데 박건은 오늘 경기 이전 두 타석에서 이미 홈런과 3루타를 기록한 후였다.

남은 세 타석에서 비교적 자주 나오는 편인 2루타와 단타 하나씩만 더 때려내면 사이클링히트를 달성할 수 있는 유리한 조건을 충족시킨 상태였다.

그렇지만 박건의 사이클링히트 달성은 또 무산됐다.

아니, 무산됐다고 표현하는 것보다 사이클링히트를 달성할 기회가 허무하게 날아갔다고 표현하는 편이 더 옳았다.

미겔 카브레라 감독의 교체 지시로 인해 더 이상 타석에 설 기회가 사라져 버렸기 때문이었다.

쫘악.

헬멧을 움켜쥔 박건의 손에 힘이 들어갔다.

'고의성이… 있어.'

이번이 처음이 아니었다.

미겔 카브레라 감독의 교체 지시로 인해 박건은 두 경기 연속으로 사이클링히트를 달성할 기회를 놓쳤다.

그래서 더욱 화가 치민 박건이 가빠진 숨을 고르며 눈살을 찌푸렸다.

'왜 말이 없지?'

박건이 기다리는 것은 이용운의 지시였다.

"이건 내게 해결책이 있다. 그냥 내게 맡겨라. 불합리한 일을 당했다. 지금은 꾹 참고 넘어갈 때가 아니라, 감독에게 불만을 드러내며 항의를 해야 할 순간이다. 그런 상황이 찾아오면 내가 판단을 내리고 후배에게 알려주겠다는 뜻이다."

박건과 이용운 사이에 이뤄졌던 합의였다.

'지금은 화를 내고 불만을 표출해야 할 때가 맞는 것 같은데.'

미겔 카브레라 감독의 교체 지시에 박건은 부당함을 느꼈다.

또 화가 났다.

그래서 불만을 표출하고 싶었는데, 이용운은 아직까지 어떤 지시도 내리지 않았다.

그로 인해 박건이 답답함을 느꼈을 때였다.

"뭐 하고 있어?"

"네?"

"아직도 안 던졌어?"

"……?"

"아까부터 손에 꽉 움켜쥐고 있던 헬멧 말이다."

이용운의 이야기를 듣고서야 박건은 헬멧을 집어 들었다. 그리고 더 기다리지 않고 힘껏 바닥에 내던졌다.

퍼억.

박건의 손을 떠난 헬멧이 더그아웃 바닥을 강타했다.

요란한 소리가 더그아웃 내에 울려 퍼진 순간, 미겔 카브레라 감독이 고개를 돌렸다. 그리고 박건과 시선이 마주친 미겔 카브레라 감독의 눈빛은 강렬했다.

"선수 기용은 어디까지나 감독의 고유 권한이다."

마치 이렇게 말하는 듯한 강렬한 미겔 카브레라 감독의 시선을 확인한 박건도 시선을 피하지 않고 눈싸움이라도 하듯 노려보았다. 그리고 먼저 움직인 것은 박건이었다.

와락.

부지불식간에 박건이 배트의 손잡이를 움켜쥐었다.

그그그극.

박건이 꽉 움켜쥔 배트를 더그아웃 바닥에 끌면서 미겔 카브레라 감독을 향해 걸어갔다.

분위기가 심상치 않음을 느껴서일까.

미겔 카브레라 감독이 움찔한 순간, 박건이 소리쳤다.

"Fuck!"

*　　　　*　　　　*

"아무래도 빌 머레이의 충고가 맞는 것 같습니다."

"무슨 소리야?"

"메이저리그에서는 불합리한 일을 당했을 때, 그 상황을 그냥 참고 넘기지 않고 단단히 항의를 하는 게 옳은 것 같습니다."

"방금… 단단히, 라고 했어?"

이용운이 영 마뜩잖은 목소리로 질문했다.

그렇지만 박건은 그 반응에 신경 쓰지 않고 하려던 말을 이어 나갔다.

"확실히 항의를 한 효과가 있는 것 같습니다."

"왜 그렇게 판단한 거지?"

"제가 개막전 선발 라인업에 포함됐으니까요."

박건이 신이 난 목소리로 대답했다.

25인 로스터에 포함됐을 뿐만 아니라, 박건은 메이저리그 개막전 선발 라인업에도 이름을 올렸다.

뉴욕 메츠가 워싱턴 내셔널스와 펼치는 홈 개막전에 2번 좌익수로 출전하게 된 것이었다.

이용운 역시 그 사실을 알고 있는 상황.

그렇지만 이용운은 박건과 의견이 좀 달랐다.

"그게 후배가 했던 항의 덕분은 아닌 것 같다."

"왜 그렇게 생각하시는 겁니까?"

"항의를 하긴 한 거야?"

"……?"

"후배가 내 생각보다 훨씬 더 소심하다는 걸 이번에 알게 됐다. 고작 헬멧을 바닥에 내던진 게 끝이라니."

이용운이 혀를 끌끌 차면서 한심하다는 목소리로 덧붙인 이야기를 들은 박건이 발끈하며 반박했다.

"욕도 했습니다."

"안 들렸어."

"하지만……."

"미겔 카브레라 감독이 소머즈야? 개미가 기어 들어가는 듯 작은 목소리로 한 욕설이 미겔 카브레라 감독의 귀에까지 들렸을 리가 없지."

'쩝.'

박건이 입맛을 다셨다.

마음 같아서는 항변하고 싶었지만, 딱히 틀린 말이 없었다.

해서 박건이 입을 꾹 다물고 있을 때, 이용운이 다시 말했다.

"미겔 카브레라 감독은 교체 지시에 부당함을 느끼고 후배가 항의를 했다는 사실조차 모를걸? 그러니 항의가 효과를 발한 건 아니지."

"그럼……?"

"내 생각에 미겔 카브레라 감독이 후배를 선발 라인업에서 배제하기에는 후배의 시범경기 후반부 성적이 너무 좋았다. 게다가 잭 니퍼트 단장의 눈치도 보지 않을 수 없는 상황이었을 테고."

'그런가?'

이용운의 이야기가 틀리지 않다고 판단하면서 박건이 다시 입을 뗐다.

"어쨌든 중요한 것은 제가 개막전에 출전한다는 것 아니겠습니까?"

박건이 포스팅 시스템을 통해 메이저리그 진출을 했을 때, 대부분의 국내 야구 전문가들과 팬들은 실패를 예견했다.

대부분 메이저리그 문턱도 밟아보지 못하고 돌아올 거라 예상했었는데.

박건은 그 예상을 보란 듯이 깨부수고 당당히 뉴욕 메츠 25인 로스터에 합류하며 메이저리그에 살아남았다.

게다가 시범경기 후반의 맹활약 덕분에 경쟁력을 입증하면서 뉴욕 메츠 홈 개막전 선발 라인업에도 이름을 올린 상황이었다.

"놀랐겠네요."

"누구 말이냐?"

"제 실패를 예언했던 야구 전문가들요."

박건이 희미한 웃음을 머금은 채 말하자, 이용운도 웃음기 섞인 대답을 꺼냈다.

"주특기를 사용하느라 분주하지."

"주특기… 요?"

"태세 전환 말이다."

이용운의 대답을 들은 박건이 픽 하고 실소를 터뜨렸다.

자신의 예측이 빗나갔을 경우, 야구 전문가들의 태세 전환이 무척 빠르다는 것은 박건도 이미 여러 차례 경험했기에 잘 알고 있었다.

"현재는 의견이 절반씩 갈리고 있다. 박건이 예상을 깨고 25인 로스터에 합류한 데다가 개막전 로스터까지 합류한 이유는 메이저리그에서 살아남기 위해서 웨이트에 치중하면서 타구의 비거리를 늘린 피나는 노력 덕분이라고 태세를 전환한 경우와 시범경기는 어디까지나 시범경기일 뿐이다. 메이저리그 정규시즌에 돌입하면 박건의 밑천이 드러나면서 곧 부진에 허덕이다가 마이너리그로 내려갈 거라고 주장하는 경우가 절반 정도씩 있지."

"한마디로 반신반의하고 있다는 뜻이군요."

박건이 고개를 끄덕였을 때였다.

"확실한 건 후배에 대한 관심이 커졌다는 것이다."

결국 중요한 건 눈에 보여지는 결과였다.

갑론을박이 있긴 했지만, 박건은 시범경기 후반기의 활약을 바탕으로 뉴욕 메츠의 홈 개막전 선발 라인업에 포함됐다.

그래서 자신에게 관심이 쏠리는 것이었다.

'이 정도면 성공적인 출발이다.'

이용운은 최악의 경우 뉴욕 메츠에서 방출되는 것까지 가정했다.

그렇지만 박건이 판단하기에 지금까지의 상황은 비교적 순조로운 편이었다.

앞으로도 꾸준히 활약하기만 한다면 뉴욕 메츠의 주전 좌익수 자리를 꿰찰 수도 있다는 자신감도 생겼고.

"잘될 것 같습니다."

해서 박건이 말한 순간, 이용운이 입을 뗐다.

"지금까지는 나쁘지 않았다."

이용운도 박건과 의견이 비슷했다.

"그런데 이상하게 불안하다."

"왜 불안하신 겁니까?"

이용운이 대답했다.

"딱히 이유는 모르겠는데… 느낌이 쌔하다."

＊　　　＊　　　＊

노아 신더가드 VS 스티븐 스트라스버그.

개막전에서 맞붙는 뉴욕 메츠와 워싱턴 내셔널스의 선발투수 매치업이었다.

명실공히 양 팀의 에이스들이 개막전에 선발 출전했다.

1회 초 워싱턴 내셔널스의 공격을 앞두고 좌익수 수비위치로 향하던 박건이 고개를 들어 관중석을 둘러보았다.

시범경기 때와는 분위기가 확실히 달랐다.

뉴욕 메츠의 홈구장인 시티 필드를 가득 채운 팬들의 모습은 가뜩이나 개막전 출전으로 인해 흥분 상태인 박건의 가슴을 더욱 뜨겁게 달구기에 충분했다.

잠시 후, 노아 신더가드가 마운드 위에서 초구를 던졌다.

슈아악.

"스트라이크."

97마일의 구속을 기록한 몸쪽 직구가 스트라이크존을 통과한 순간, 뉴욕 메츠 홈 팬들이 환호를 보내기 시작했다.

야구에 대한 그리움, 그리고 건강한 모습으로 올 시즌을 시작하는 팀의 에이스와 선수들에 대한 환영과 격려가 담긴 환호였다.

그 환호에는 사람의 가슴을 움직이는 무엇인가가 있었다.

그렇지만 환호는 오래가지 못했다.

슈아악.

따악.

워싱턴 내셔널스의 1번 타자 애덤 이튼은 노아 신더가드가 던진 2구째 몸쪽 직구를 노리고 잔뜩 웅크리고 있다가 매섭게 스윙을 가져갔다.

1, 2루 간을 꿰뚫은 땅볼타구는 깔끔한 우전안타가 됐다.

무사 1루 상황에서 2번 타자 브라이언 도우저가 등장했다. 그리고 브라이언 도우저는 초구부터 과감한 스윙을 가져갔다.

슈아악.

따악.

바깥쪽 직구를 잡아당긴 브라이언 도우저의 타구는 좌중간으로 빠르게 날아갔다.

열심히 타구를 쫓아가던 박건이 두 눈을 빛냈다.

'슬라이딩캐치가 가능하지 않을까?'

이런 욕심이 생겼기 때문이었다.

"못 잡아. 그러니 실점을 막는 데 치중해라."

그때, 이용운이 충고했다.

그 충고를 들은 박건이 도중에 마음을 바꾸고 달리던 방향을 바꾸었다.

툭. 툭.

박건이 글러브를 쭉 내밀며 역동작으로 투 바운드를 일으킨 타구를 잡아내는 데 성공했다.

'일단… 실점은 막았어.'

타구를 잡아낸 순간, 1루 주자가 홈으로 파고드는 것을 막았다고 판단하며 박건이 안도했을 때였다.

"2루로 송구해."

이용운이 다급한 목소리로 말했다.

'타자주자가 2루를 노린다고?'

좌중간으로 향했던 타구의 코스가 좋았던 것은 사실이었다.

그렇지만 타구가 깊지 않았다. 그래서 타자주자인 브라이언 도우저가 2루를 노릴 것은 예상치 못했던 박건이 살짝 당황했다.

빙글 몸을 돌린 박건이 2루로 송구했다.

쉬이익.

강한 송구가 2루로 날아갔다.

그렇지만 너무 서두른 탓에 송구가 조금 높았다.

강한 송구를 받은 2루수가 글러브를 아래로 내리며 태그를 시도했지만, 헤드퍼스트슬라이딩을 감행한 브라이언 도우저가 쭉 뻗은 손끝이 2루 베이스에 닿는 것이 태그보다 조금 더 빨랐다.

"세이프."

'너무 서둘렀어.'

2루심이 세이프를 선언한 순간, 박건이 아쉬움을 감추지 못하고 드러냈다.

KBO 리그의 경우, 이 정도로 짧은 타구에 타자주자가 2루를 노리는 공격적인 주루플레이를 하는 경우가 드물었다.

그래서 박건도 방심했었는데.

브라이언 도우저는 그런 방심의 허를 찔렀다.

그로 인해 당황한 박건이 송구를 너무 서둘렀던 탓에 타자주자를 2루에서 잡아내는 데 실패한 것이었다.

물론 실책으로 기록될 수비는 아니었다.

다만 타자주자를 2루에서 충분히 잡아낼 수 있었음에도 불구하고, 그렇게 하지 못했다는 것이 못내 아쉬웠다.

'잊어버리자.'

엎질러진 우유를 다시 통에 담을 수는 없는 노릇.

지난 플레이에 계속 미련을 갖는다고 해서 소용이 없었다.

해서 박건이 잊어버리기로 결심했을 때, 이용운이 불쑥 말했다.

"잊지 마라."

"……?"

"메이저리그 타자들의 공격적인 주루플레이 성향을 잊으면 실수를 반복하게 된다. 항상 염두에 두고 있어야 실수가 반복되는 것을 막을 수 있다."

"다음에는… 꼭 잡겠습니다."

박건이 고개를 끄덕이며 마운드에 선 노아 신더가드를 살폈다.

1회 초 수비부터 무사 2, 3루의 위기를 맞이한 노아 신더가드의 표정은 밝지 않았다.

딱딱하게 굳어진 표정에서는 동요가 느껴졌다. 그리고 마음속 동요는 노아 신더가드의 제구가 흔들리게 만들었다.

슈악.

3번 타자 후안 소토를 상대로 3볼 1스트라이크의 불리한 볼카운트에 몰린 노아 신더가드는 5구째로 슬라이더를 던졌다.

그렇지만 스트라이크존을 살짝 벗어나면서 볼넷을 허용했다.

무사만루.

절체절명의 위기에서 노아 신더가드는 워싱턴 내셔널스의 4번 타자인 앤서니 론돈을 상대했다.

슈아악.

노아 신더가드는 앤서니 론돈을 상대로 초구 직구를 던졌다.

그렇지만 바깥쪽 낮은 코스로 파고든 직구는 볼로 선언됐다.

'직구를 스트라이크존에 못 넣어.'

그 모습을 지켜보던 박건이 눈살을 찌푸렸다.

경기 초반, 직구 승부를 펼치다가 잇따라 두 개의 안타를 허용했기 때문일까.

노아 신더가드는 직구를 스트라이크존에 자신 있게 꽂아 넣지 못하고 있었다.

그리고 2구째.

노아 신더가드의 선택은 다시 직구였다.

슈아악.

몸쪽 직구를 구사했지만, 공은 한가운데로 몰렸다. 그리고 앤서니 론돈은 가운데로 몰린 실투성 직구를 놓치지 않았다.

따악.

잘 맞은 땅볼타구는 유격수와 3루수 사이를 빠르게 꿰뚫었다.

타닷.

외야로 빠져나가는 타구를 눈으로 확인하면서 3루 주자가 여유 있게 홈으로 파고들었다.

타구를 처리하기 위해서 빠르게 전진하던 박건이 2루 주자인 브라이언 도우저의 움직임을 살폈다.

'뛴다?'

앤서니 론돈의 안타는 얕은 편이었다.

게다가 배트 중심에 정확히 걸렸기에 타구의 속도도 빨랐다.

'2루 주자가 홈승부를 펼치기는 어려울 거다. 3루에서 멈출 것이다.'

해서 박건은 이렇게 예상하고 있었는데.

브라이언 도우저의 주루플레이는 이번에도 무척 공격적이었다.

타다닷.

브라이언 도우저가 망설이지 않고 3루 베이스를 통과해서 홈으로 파고드는 것을 확인한 박건이 송구 자세에 돌입했다.

'이번에는 실수하지 않는다.'

각오를 다진 박건이 홈으로 송구했다.

쉬이익.

낮고 강한 송구가 홈으로 날아들었다.

'정확해.'

아까와는 달리 당황하지 않았다.

미리 대비하고 있었기에 강하고 정확한 홈송구를 마친 박건이 만족스러운 기색을 드러냈다.

그렇지만 이내 표정이 일그러졌다.

탓.

홈승부를 위해서 대기하고 있던 포수의 미트로 날아들던 박건의 송구를 유격수가 도중에 커트했기 때문이었다.

'왜……?'

자신의 송구를 유격수가 커트한 것으로 인해 박건이 당황했을 때, 송구를 중간에 커트한 유격수 아사메드 로사리오가 1루로 공을 뿌렸다.

홈승부가 이뤄지는 사이, 2루 베이스를 노리려던 타자주자 앤서니 론돈을 잡아내기 위한 1루 송구였다.

그렇지만 중계플레이를 유심히 살피던 앤서니 론돈은 빠르게 판단을 내리고 몸을 돌려 1루로 귀루했다.

"세이프."

1루에서 간발의 차로 세이프가 선언되면서 결과적으로 유격수 아사메드 로사리오의 송구 커트는 실패로 돌아갔다.

0—2.

3루 주자인 애덤 이튼은 물론이고, 2루 주자인 브라이언 도우저마저 홈으로 들어오면서 뉴욕 메츠는 2실점을 허용했다.

'만약 아사메드 로사리오가 송구를 커트하지 않았다면, 분명히 홈승부 끝에 2루 주자를 잡아낼 수 있었을 거야.'

박건은 자신의 송구에 대한 확신이 있었다.

결과적으로는 아사메드 로사리오가 박건의 송구를 커트한 것이 주지 않아도 될 점수를 허용했을 뿐만 아니라, 아웃카운트도 늘리지 못한 셈이었다.

'왜 커트를 한 거야?'

아쉬움은 이내 유격수 아사메드 로사리오의 결단에 대한 의문으로 바뀌었다. 그리고 이 의문을 풀어준 것은 이용운이었다.

"몰라."

"뭘 모른단 말입니까?"

"유격수로 출전한 아사메드 로사리오는 후배의 어깨가 무척 강하다는 것을 모른다는 뜻이다."

그 이야기를 들은 박건이 고개를 끄덕였다.

아사메드 로사리오는 지난 시즌 후반기에 큰 부상을 당해 수술을 하고 길었던 재활 과정을 거친 후 시범경기 중반에 팀에 복귀했다.

올 시즌을 앞두고 뉴욕 메츠에 입단한 박건과는 호흡을 맞출 기회가 많지 않았다.

그래서 아사메드 로사리오는 좌익수인 박건의 어깨가 강한 편이란 사실을 모를 확률이 높았다.

"미겔 카브레라 감독은 아사메드 로사리오의 풍부한 경험을 믿고 개막전 주전 유격수로 낙점했을 거야. 그렇지만 아사메드 로사리오의 경기 감각이 떨어진 탓에 제대로 된 판단을 못 한 것도 있어."

경험과 경기 감각은 별개였다.

아무리 경험이 풍부한 선수라고 해도 부상으로 인해 실전 감각이 떨어진 부분까지는 커버하기 힘들었다. 그래서 아사메드 로사리오는 박건의 강하고 정확한 홈송구를 중간에 커트하는 판단 미스를 범한 것이었고.

어쨌든 아사메드 로사리오의 결정적인 판단 미스로 인해서 뉴욕 메츠의 무사 1, 2루 위기는 계속 이어졌다.

"Fuck!"

선발투수인 노아 신더가드는 아사메드 로사리오가 박건의 송구를 커트한 것에 불만을 드러냈다.

백업을 위해서 포수 뒤편에 위치해 있었기 때문에 박건의 홈 송구가 강하고 방향도 정확해서 아웃 타이밍이었던 것을 간파했기 때문이었다.

불만을 표출한 후 다시 마운드 위에 선 노아 신더가드는 5번 타자 커트 스미스를 상대하기 시작했다.

슈아악.

"스트라이크."

커트 스미스를 상대로 노아 신더가드는 몸쪽 직구를 초구로 선택했다.

타자를 움찔하게 만든 과감한 볼배합.

낮은 코스의 스트라이크존을 통과하는 몸쪽 직구를 확인한 박건이 감탄했다.

'이래서 에이스구나.'

박건의 눈에 보이지 않는 수비 실책에다가 아사메드 로사리오의 결정적인 판단 미스까지.

수비수들의 도움을 받지 못한 만큼 선발투수인 노아 신더가드 입장에서는 와르르 무너질 수도 있는 상황이었다.

그렇지만 노아 신더가드는 평정심을 잃지 않으며 커트 스미스를 상대로 완벽하게 제구된 몸쪽 직구를 던져서 초구 스트라이크를 잡으며 유리한 볼카운트를 만들어냈다.

슈아악.

2구 역시 직구.

이번에는 바깥쪽 낮은 코스의 스트라이크존에 걸치며 포수의 미트로 파고들었다.

노 볼 2스트라이크.

투수에게 유리한 볼카운트에서 노아 신더가드가 3구째를 던졌다.

슈아악.

유인구를 던질 타이밍이었지만, 노아 신더가드의 선택은 달랐다.

과감한 바깥쪽 직구 승부를 펼쳤다.

빠른 승부에 당황한 듯 커트 스미스는 배트에 공을 맞히기 급급했다.

딱.

빗맞은 타구는 유격수 방면으로 느릿하게 굴러갔다.

유격수인 아사메드 로사리오가 앞으로 빠르게 전진하며 맨손 캐치를 시도했다.

틱.

아사메드 로사리오는 스핀이 걸린 타구를 단번에 캐치하지 못하고 한 번 더듬었다. 그렇지만 노련한 유격수답게 당황하지 않고 다시 공을 잡아서 2루로 송구했다.

그렇지만 이번에는 송구의 방향이 빗나갔다.

2루수가 베이스에서 발을 떼며 송구를 어떻게든 잡아보려 했지만, 역부족이었다.

우측으로 크게 치우친 송구는 외야로 빠져나갔고, 그사이 선행주자였던 2루 주자는 홈으로 여유 있게 파고들었다.

그리고 1루 주자와 타자주자는 각각 3루와 2루에 도착했다.

'욕심.'

그 일련의 과정을 지켜보던 박건이 떠올린 단어였다.

아까 박건의 강하고 정확했던 홈송구를 커트했던 판단 실수가 마음에 걸린 걸까.

아사메드 로사리오는 5번 타자 커트 스미스의 내야땅볼을 병살플레이로 연결하려고 욕심을 부렸다.

그렇지만 과욕이었다.

일단 타구가 워낙 느렸고, 타자주자인 커트 스미스는 발이 빠른 편이었다.

병살플레이를 완성하려고 욕심을 낼 것이 아니라, 안전하게 포구하고 타자주자만 1루에서 아웃시키는 게 정상적인 플레이였다.

자신의 플레이가 마음에 들지 않는 걸까.

잇따라 실책을 범한 아사메드 로사리오가 고개를 절레절레 흔드는 모습을 바라보던 박건이 한숨을 내쉬었다.

*   *   *

0—4.

넉 점 차로 뒤진 채로 뉴욕 메츠의 1회 말 공격이 시작됐다.

1번 타자 브랜든 니모와 스티븐 스트라스버그의 대결은 싱겁

게 끝났다.

슈악.

딱.

스티븐 스트라스버그가 초구로 던진 커브에 브랜든 니모의 배트가 딸려 나갔다.

타이밍이 어긋난 탓에 빗맞은 타구는 내야 높이 떠올랐다.

유격수가 가볍게 포구하면서 첫 번째 아웃카운트가 만들어졌다.

1사 주자 없는 상황에서 타석으로 들어서던 박건은 아쉬움을 느꼈다.

브랜든 니모와 스티븐 스트라스버그의 승부가 너무 빨리 끝나 버린 탓에 대기타석에서 충분히 투수의 공을 관찰할 기회가 없었기 때문이었다.

슈악.

박건이 타석에 선 채 스티븐 스트라스버그가 던진 초구 커브를 그대로 지켜보았다.

"스트라이크."

주심이 스트라이크를 선언한 순간, 박건이 천천히 고개를 끄덕였다.

초구로 커브를 구사한 것.

브랜든 니모를 상대할 때와 같은 패턴이라는 사실을 알아챘기 때문이었다.

'커브를 비롯한 변화구로 유리한 볼카운트를 잡는 게 스티븐 스트라스버그가 준비해 온 경기 초반의 볼배합이야.'

그리고 2구째.

슈아악.

스티븐 스트라스버그는 바깥쪽 직구를 구사했다.

직구가 들어올 것을 예측하고 있던 박건이 망설이지 않고 힘껏 배트를 휘둘렀다.

딱.

그렇지만 타격음은 둔탁했다.

'밀렸다?'

1루 측 관중석으로 향하는 파울 타구를 확인한 박건이 당황했다.

'왜 밀렸지?'

타격 타이밍이 늦었다는 사실을 눈치챈 순간, 박건은 우선 전광판에 찍혀 있는 구속을 확인했다.

'96마일?'

스티븐 스트라스버그가 구사한 직구의 구속을 확인한 박건이 눈살을 찌푸렸다.

워싱턴 내셔널스의 에이스인 스티븐 스트라스버그를 상대하는 것.

이번이 처음이 아니라 두 번째였다.

시범경기에서 이미 한 차례 스티븐 스트라스버그를 상대해 본 경험이 있었다.

당시 박건은 스티븐 스트라스버그의 직구를 공략해서 우중간을 반으로 가르는 장타를 터뜨렸었다.

해서 스티븐 스트라스버그를 두 번째로 상대하는 지금도 좋은 타구를 만들어낼 수 있다는 자신감을 은연중에 갖고 있었는데.

구종 예측까지 적중했음에도 불구하고 박건은 스티븐 스트라스버그가 2구째로 던진 바깥쪽 직구를 공략하는 데 실패했다.

스티븐 스트라스버그의 직구 공략에 실패한 가장 큰 원인은 구속 증가.

시범경기에서 상대했던 스티븐 스트라스버그의 직구 구속은 94마일이었다.

그런데 정규시즌에서 다시 만난 스티븐 스트라스버그의 직구 구속은 96마일까지 상승해 있었다.

노 볼 2스트라이크.

불리한 볼카운트에 몰려 버린 박건이 다시 타격자세를 취했다.

'어떤 공이 들어올까?'

박건의 머릿속이 복잡해졌을 때였다.

슈아악.

스티븐 스트라스버그가 투구 간격을 줄이며 3구째 공을 던졌다.

'몸쪽 직구?'

잠시 후, 스티븐 스트라스버그가 선택한 3구째 공이 몸쪽 직구임을 알게 된 박건이 움찔했다.

예측이 완벽하게 빗나갔기 때문이었다.

'높았다.'

조금 높았다고 판단한 박건은 배트를 휘두르던 것을 도중에 멈췄다.

그렇지만 주심의 판단은 달랐다.

"스트라이크아웃."

스티븐 스트라스버그가 3구째로 던진 몸쪽 높은 코스의 직구가 스트라이크존을 통과했다고 판단했다.

'당했다.'

삼진을 당했음에도 불구하고 박건은 바로 타석을 벗어나지 못했다.

주심의 판정에 대한 불만 때문이 아니었다.

메이저리그 정규시즌에서 첫 타석인 만큼, 박건에게 나름 큰 의미가 있는 타석이었다.

그렇지만 결과는 삼구삼진.

게다가 배트조차 휘둘러 보지 못하고 루킹삼진을 당하고 말았다.

그러니 어찌 아쉽지 않을까.

삼구삼진을 당하고 타석을 떠나기 전, 박건이 마운드에 서 있는 스티븐 스트라스버그를 노려보았다.

의표를 완전히 찌른 스티븐 스트라스버그의 3구째 몸쪽 직구 선택은 박건을 감탄케 만들었다.

그런 박건의 눈에 스티븐 스트라스버그가 씨익 웃는 모습이 들어왔다.

"여기가 바로 메이저리그다."

그 웃음을 통해서 스티븐 스트라스버그는 이렇게 말하고 있는 것 같았다.

"다음엔… 다를 거야."

타석에서 벗어나 더그아웃으로 걸어 돌아오던 박건이 혼잣말로 작게 각오를 다진 순간, 이용운이 불쑥 말했다.

"과연… 다음엔 다를까?"

제3장

0—4.

넉 점의 격차가 유지된 채, 경기는 4회 말로 접어들었다.

4회 말의 선두타자는 브랜든 니모.

워싱턴 내셔널스의 선발투수인 스티븐 스트라스버그는 3회까지 단 한 명의 타자에게도 루상에 출루하는 것을 허용하지 않고 있었다.

슈악.

브랜든 니모를 상대로 스티븐 스트라스버그가 선택한 초구는 커브였다.

"스트라이크."

첫 타석에 초구를 성급하게 공략했다가 내야플라이로 물러났던 게 마음에 걸린 걸까.

브랜든 니모는 스티븐 스트라스버그의 초구 커브를 타석에서 지켜보며 그냥 흘려보냈다.

이어진 2구째.

슈악.

부우웅.

브랜든 니모는 힘껏 스윙을 가져갔다. 그렇지만 브랜든 니모의 배트는 허공을 가르고 지나갔다.

'수 싸움이 빗나갔어.'

대기타석에서 스티븐 스트라스버그와 브랜든 니모의 투타 대결을 지켜보던 박건이 두 눈을 빛냈다.

브랜든 니모는 직구가 들어올 것을 예측하고 스윙했다. 그렇지만 스티븐 스트라스버그가 구사한 공은 2구째도 커브였다.

'3구는… 직구가 들어올 확률이 높지 않을까?'

두 개 연속 커브를 던진 상황.

타자의 타이밍을 빼앗기 위해서 3구째에는 직구를 구사할 확률이 높다고 박건이 판단했을 때였다.

스티븐 스트라스버그가 투구 동작에 돌입했다.

슈악.

잠시 후, 그의 손에서 공이 떠났다. 그리고 스티븐 스트라스버그가 선택한 구종은… 이번에도 커브였다.

"스트라이크아웃."

스티븐 스트라스버그가 자신을 상대로 세 개 연속 커브를 던질 거라고는 꿈에도 예상하지 못했기 때문일까?

브랜든 니모는 배트도 내밀어보지 못하고 루킹삼진을 당했다.

절레절레 고개를 흔들며 더그아웃으로 돌아가는 브랜든 니모의 등을 바라보던 박건이 타석으로 들어섰다.

'커브.'

현재까지의 투구 패턴대로라면 스티븐 스트라스버그는 초구로 커브를 던져 카운트를 잡을 확률이 높았다.

해서 박건이 타석에서 커브를 기다리고 있을 때였다.

슈아악.

스티븐 스트라스버그는 초구로 직구를 던졌다.

97마일의 구속을 기록한 몸쪽 직구.

"스트라이크."

허를 찔려 버린 박건은 배트를 내밀 엄두도 내지 못했다.

'당했다.'

수 싸움에서 패한 순간, 박건이 당황했다.

'2구는… 커브가 아닐까?'

오래 생각할 시간도 없었다.

스티븐 스트라스버그는 빠르게 투구 동작에 돌입했다.

슈아악.

그리고 박건의 예상은 또 한 번 빗나갔다.

"스트라이크."

바깥쪽 직구를 박건은 그대로 지켜볼 수밖에 없었다.

"후우."

박건이 타석에서 발을 빼며 크게 한숨을 내쉬었다.

머릿속이 복잡했다.

'3구도… 직구다.'

잠시 후, 박건이 떠올린 것은 스티븐 스트라스버그와 브랜든 니모의 투타 대결이었다.

'커브 세 개를 연속으로 던졌어.'

브랜든 니모를 삼구삼진으로 돌려세울 당시, 스티븐 스트라스버그는 커브 세 개를 잇따라 던졌었다.

타자인 브랜든 니모의 허를 찌른 볼배합.

그래서 박건은 자신을 상대로도 스티븐 스트라스버그가 직구 세 개를 잇따라 던지는 의외의 볼배합을 할 수도 있다고 판단한 것이었다.

'노린다.'

박건이 타석에서 잔뜩 웅크리고 있을 때, 스티븐 스트라스버그가 투구 동작을 마치고 3구째 공을 던졌다.

슈악.

스티븐 스트라스버그의 손에서 공이 떠난 순간, 박건이 힘껏 배트를 휘둘렀다.

부우웅.

그렇지만 박건의 배트는 허공을 갈랐다.

"스트라이크아웃."

두 타석 연속 삼구삼진을 당한 순간, 박건의 귓속으로 이용운의 목소리가 파고들었다.

"직구가 아니라 체인지업이었다."

*　　　*　　　*

0—7.

점수 차가 더 벌어진 가운데 경기는 7회 말로 접어들었다.

워싱턴 내셔널스의 스티븐 스트라스버그는 6회까지 피안타 하나만 허용하는 완벽에 가까운 투구를 펼치고 있었다.

'이번엔 공략할 수 있을까?'

타석을 향해 걸어가던 박건이 스티븐 스트라스버그를 노려보았다.

이미 두 차례 삼구삼진을 당한 상황.

세 번째 타석에서도 삼진을 당하고 싶은 마음은 추호도 없었다.

스티븐 스트라스버그를 상대로 어떻게든 안타를 빼앗아내고 싶었다.

크게 심호흡을 한 박건이 타격 준비를 마치자마자, 스티븐 스트라스버그가 바로 초구를 던졌다.

슈아악.

바깥쪽 직구가 들어온 순간, 박건이 힘껏 배트를 휘둘렀다.

따악.

'됐다.'

경쾌한 타격음이 흘러나온 순간, 박건이 두 눈을 빛냈다.

직구를 구사할 거란 구종 예측이 적중했다.

1루수의 키를 넘긴 타구는 1루 측 라인 선상으로 날아갔다. 그렇지만 라인을 약 3미터가량 벗어난 곳에 떨어지는 파울 타구가 됐다.

'제구가… 완벽했어.'

파울이 된 것을 확인하고 다시 타석으로 돌아오던 박건이 아쉬운 기색을 드러냈다.

워낙 제구가 잘된 공인 데다가 직구 구속도 97마일이었다.

그래서 정확한 타이밍에 맞췄음에도 박건의 타구는 라인 선상을 살짝 벗어나는 파울이 되고 만 것이었다.

박건이 타격 준비를 마쳤을 때, 스티븐 스트라스버그가 2구를 던졌다.

슈악.

한 번 더 직구가 들어올 것을 예상하고 박건이 배트를 휘둘렀다.

부우웅.

그렇지만 이번에는 배트에 공을 맞히지 못했다.

'체인지업.'

완벽하게 타이밍을 빼앗겼기 때문이었다.

노 볼 2스트라이크.

다시 불리한 볼카운트에 몰린 박건의 머릿속이 바빠졌다.

'직구? 체인지업? 아니면, 커브?'

수 싸움에 대한 확신이 없었다. 그리고 수 싸움을 마치기도 전에 스티븐 스트라스버그가 투구 동작에 돌입했다.

슈악.

'커브다.'

박건이 공의 궤적을 확인하고 배트를 휘둘렀다.

부우웅.

그렇지만 박건의 스윙은 이번에도 허공을 갈랐다.

'커브가 아니라… 포크볼이었어.'

또 한 번 삼구삼진을 당한 박건이 깊은 한숨을 내쉬었다. 그리고 더그아웃으로 터덜터덜 걸어가고 있을 때, 이용운이 말했다.

"메이저리그 정상급 투수를 상대하는 건 역시 어렵구나."

*　　　　*　　　　*

0—9.

워싱턴 내셔널스가 8회 초 공격에서 두 점을 추가하며 양 팀의 스코어 차는 더욱 크게 벌어졌다.

이미 승패는 결정이 난 상황.

9회 말에도 스티븐 스트라스버그는 마운드에 올라왔다.

개막전에서 완봉승을 노리는 스티븐 스트라스버그는 9회 말에도 96마일의 구속을 기록하는 힘 있는 직구를 던지면서 두 명의 타자를 가볍게 처리했다.

2사 주자 없는 상황에 타석에는 1번 타자 브랜든 니모가 들어섰다.

박건도 배트를 들고 대기타석으로 들어섰다.

"살아 나가라."

대기타석에 선 박건이 작게 혼잣말을 꺼냈다.

3타수 무안타.

잔뜩 기대했던 뉴욕 메츠 홈 개막전에 선발 출전한 박건은 세 차례 타석에 들어서서 모두 삼진을 당했다.

3타석 연속 삼진.

게다가 모두 삼구삼진이었다.

이대로 홈 개막전이 끝나는 것은 너무 아쉬웠다.

한 차례 더 타석에 들어서서 스티븐 스트라스버그를 상대로 하나의 안타라도 빼앗아내고 싶었다.

슈악.

그때, 스티븐 스트라스버그가 브랜든 니모를 상대로 초구를 던졌다.

부우웅.

스티븐 스트라스버그가 포크볼을 던져서 브랜든 니모에게서 헛스윙을 유도해 내는 모습을 박건이 지켜보고 있을 때, 이용운이 입을 뗐다.

"내 생각엔 기대하지 않는 게 좋을 것 같다."

그 이야기를 들은 박건이 눈살을 찌푸리며 입을 뗐다.

"너무한 것 아닙니까?"

"뭐가 말이냐?"

"강 건너 불구경하듯 하시는 것 말입니다."

박건이 살짝 언성을 높였다.

"메이저리그 정상급 투수를 상대하는 건 역시 어렵구나."

박건에 오늘 경기 세 번째 삼진을 당했을 때, 이용운이 꺼냈던 말이었다.

평소와 달리 구종 예측을 하지 않고 스티븐 스트라스버그의 구위에 감탄만 하던 이용운의 반응이 박건의 신경을 곤두서게 만든 것이었다.

"왜 구종 예측을 해주지 않느냐? 여기에 불만을 품은 거지?"

이용운은 눈치가 빨랐다.

박건이 불만을 품은 이유를 금세 간파했다.

"혹시… 저한테 서운한 거라도 있습니까?"

"그런 것 없다."

"그런데 왜 입을 다물고 계신 겁니까?"

"틀린다."

"……?"

"내 구종 예측이 계속 틀린다는 뜻이다."

이용운이 솔직하게 고백했다.

"왜… 틀리는 겁니까?"

박건이 청우 로열스 소속 선수일 당시, 이용운의 구종 예측은 무척 높은 확률로 적중했던 편이었다.

덕분에 박건이 좋은 성적을 거둘 수 있었고.

그런데 지금 구종 예측이 자꾸 틀린다고 고백하는 이용운의 목소리에는 자신감이 묻어나지 않았다.

"두 가지 이유로 추정된다."

잠시 후, 이용운이 꺼낸 대답을 들은 박건이 감탄했다.

구종 예측이 자꾸 틀리는 이유를 찾아냈다는 것은 실패를 극복할 수 있는 시발점이었기 때문이었다.

"첫 번째 이유는 적응이 덜됐기 때문이다. 메이저리그 선수들의 성향은 분명히 KBO 리그 선수들의 성향과는 다르다. 그리고 성향이 다르다 보니 볼배합도 내 예상과 다르게 가져간다. 즉, 구종 예측을 하기 위해서는 메이저리그 선수들의 성향을 완벽하게 파악하는 게 급선무인 것 같다."

이용운이 꺼낸 첫 번째 이유를 들은 박건이 부지불식간에 고개를 끄덕였다.

'확실히 달라.'

메이저리그 타자들의 성향은 확실히 KBO 리그 타자들과 달랐다.

타석에서 공격적이고, 또 적극적이기도 했다.

그뿐만 아니라 주루플레이도 훨씬 더 과감하게 가져가는 편이었다.

이런 메이저리그 타자들의 성향으로 인해 메이저리그 투수들의 볼배합도 KBO 리그 투수들의 볼배합과는 달랐다.

이것이 KBO 리그에서 뛰다가 메이저리그로 건너온 박건이 수싸움에 어려움을 겪고 있는 이유였다.

그때, 이용운이 두 번째 이유를 꺼냈다.

"또 하나의 이유는 오늘 투수가 스티븐 스트라스버그이기 때문인 것 같다."

"스티븐 스트라스버그이기 때문이라고요?"

"보거라. 지금도 체인지업을 던져서 브랜든 니모를 멘붕에 빠뜨렸지 않느냐?"

박건이 재빨리 고개를 들었다.

부우웅.

그런 박건의 눈에 크게 헛스윙을 한 탓에 헬멧까지 벗겨진 브랜든 니모의 모습이 보였다.

바닥에 떨어진 헬멧을 주워서 다시 쓰는 브랜든 니모의 표정에는 당혹스러운 기색이 떠올라 있었다.

박건과 마찬가지로 브랜든 니모 역시 지난 세 차례 타석에서 모두 범타로 물러난 상황.

그중 두 타석에서는 속절없이 삼구삼진을 당했었다.

그런데 오늘 경기 네 번째 타석에서도 크게 달라진 것이 없었다.

브랜든 니모는 여전히 스티븐 스트라스버그의 허를 찌르는 볼 배합에 적응하지 못하고 잇따라 헛스윙을 하고 있었다.

"괜히 스티븐 스트라스버그가 메이저리그 최정상급 투수로 대접받고 있는 게 아니라는 것을 직접 상대해 보고 알았다. 구속과 구위, 그리고 제구까지. 좋은 투수에게 필요한 삼박자를 고루 갖추고 있다. 게다가… 머리까지 좋다."

박건이 다시 타격자세를 취하고 있는 브랜든 니모를 응시하고 있을 때, 이용운이 워싱턴 내셔널스의 선발투수인 스티븐 스트라스버그를 칭찬했다.

'왜 이래?'

그 칭찬을 듣던 박건이 고개를 갸웃했다.

'해설계의 독설가'였던 이용운이 극찬을 하는 모습.

무척 낯설었기 때문이었다.

슈아악.

그때 스티븐 스트라스버그가 브랜든 니모를 상대로 3구째 공을 던졌다.

'몸쪽 직구.'

박건이 두 눈을 빛내며 브랜든 니모의 타격을 살폈다.

몸쪽 직구를 기다리고 있었던 걸까.

브랜든 니모는 망설이지 않고 배트를 휘둘렀다.

딱.

그렇지만 타격음은 둔탁했다.

배트 상단에 맞은 타구는 높이 솟구쳤지만, 멀리 뻗지 못했다.

포구 지점을 예측하고 미리 도착해서 기다리던 중견수가 여유 있게 타구를 잡아내며 경기가 종료됐다.

최종 스코어 0—9.

개막전에서 피안타 하나만 허용하며 완봉승을 거둔 스티븐 스트라스버그가 마운드로 달려 나온 포수와 하이 파이브를 나누며 기쁨을 만끽했다.

구종 예측이 적중했음에도 안타를 만들어내지 못한 게 아쉬운 걸까.

브랜든 니모는 헬멧을 바닥에 내팽개쳤다.

그렇지만 박건의 아쉬움이 더 컸다.

브랜든 니모가 범타로 물러나면서 스티븐 스트라스버그와 한 차례 더 승부할 수 있는 기회가 찾아오지 않았기 때문이었다.

아쉬운 마음이 컸던 탓에 박건이 대기타석을 떠나지 못하고 있을 때였다.

"만약 한 번 더 타석에 들어설 기회가 왔다고 해도 안타를 뽑아낼 수 있었을까?"

이용운이 불쑥 질문을 던졌다.

"그야 당연히……."

당연히 안타를 빼앗아낼 수 있었다고 대답하려 했던 박건이 도중에 입을 다물었다

자신이 없었기 때문이었다.

"…모르겠습니다."

"해봤어야 안다?"

"네."

"꼭 찍어 먹어봐야 똥인지 된장인지 구분할 수 있는 건 아니다."

"……?"

"내 생각엔 오히려 다행인 것 같다."

이용운이 덧붙인 이야기를 들은 박건이 물었다.

"뭐가 다행이란 겁니까?"

"브랜든 니모가 네 번째 타석에서도 범타로 물러나면서 후배가 타석에 들어설 기회가 찾아오지 않은 것 말이다."

"그게 왜 다행이란 겁니까?"

이용운이 대답했다.

"만약 네 번째 타석에 들어설 기회가 찾아왔다고 하더라도 또 다시 삼구삼진을 당했을 테니까."

*　　　　*　　　　*

뉴욕 메츠와 워싱턴 내셔널스의 개막 2연전 시리즈.

제이콥 디그롬과 멕스 슈어저가 선발 맞대결을 펼쳤다.

6번 좌익수.

박건은 오늘 경기에서도 선발 라인업에 포함됐다. 그리고 오늘 경기에 임하는 박건의 각오는 남달랐다.

뉴욕 메츠의 홈 개막전에서 3타수 무안타, 3삼진으로 부진한 모습을 보였기 때문이었다.

단순히 홈 팬들에게 첫 안타를 때려내는 모습을 선보이고 싶은 게 다가 아니었다.

만약 오늘 경기에서도 부진한 모습을 보인다면?

페테르 알론조와의 주전 경쟁에서도 빨간불이 들어올 확률이 높았다.

"오늘은 다를 겁니다."

그래서 박건이 다부진 각오를 다졌을 때였다.

"과연 오늘은 다를까?"

이용운이 회의적인 목소리로 덧붙였다.

"멕스 슈어저도 메이저리그 최정상급 투수인 것은 마찬가지다."

워싱턴 내셔널스는 올 시즌 내셔널리그 동부 지구 우승은 물론이고 월드시리즈 우승을 목표로 하고 있는 팀이었다.

그 목표를 달성하기 위해서 워싱턴 내셔널스는 비시즌 기간에 대대적인 전력 보강을 했다.

그중 가장 눈에 띄는 영입이 바로 멕스 슈어저였다.

두 명의 유망주와 현금을 얹어 주고 메이저리그 최정상급 투수 중 한 명인 멕스 슈어저를 영입하면서 워싱턴 내셔널스는 리그 최고의 원투펀치를 구축했다.

스티븐 스트라스버그가 1선발, 멕스 슈어저가 2선발로 경기에 나서고 있었지만, 등판 순서에는 의미가 없었다.

두 명의 투수 모두 서로 우열을 가리기 힘들 정도로 좋은 투수들이었기 때문이었다. 그리고 이용운이 우려하는 것은 스티븐 스트라스버그에 버금가는 훌륭한 투수인 멕스 슈어저를 상대로 달라진 모습을 보여줄 수 있는가 여부였다.

"어쩌면… 이게 나을지도 모르겠다."

잠시 후, 이용운이 다시 말했다.

"뭐가 낫다는 겁니까?"

"스티븐 스트라스버그와 멕스 슈어저라는 메이저리그 최정상급 투수들을 가장 먼저 만나는 것 말이다."

"……?"

"매도 먼저 맞는 게 낫다는 속담도 있으니까."

'매도 먼저 맞는 편이 낫다?'

그 속담을 박건이 속으로 되뇌고 있을 때, 이용운이 부연을 더했다.

"아까도 말했듯이 스티븐 스트라스버그와 멕스 슈어저는 메이저리그를 대표하는 최정상급 투수들이다. 그런 최고의 투수들을 먼저 상대하고 나면 후배가 부족한 부분을 빨리 캐치할 수 있을 것이다. 그리고 그편이 앞으로 만나게 될 각 구단의 3선발과 5선발 투수들을 상대할 때는 오히려 도움이 될 것이다."

이용운의 설명이 일리가 있다는 생각이 들어서 박건이 천천히 고개를 끄덕였다.

상대성이론은 과학뿐만 아니라 야구에도 적용됐다.

메이저리그에서 최고의 투수들을 미리 상대하고 나면, 그보다 수준이 떨어지는 투수들을 상대할 때 더 쉽게 느껴지게 될 터였다.

"그런 의미에서 오늘은 안타 하나를 때리는 것을 목표로 하자."

잠시 후 이용운이 제안했다.

'고작 안타 하나?'

그 제안을 들은 박건이 슬쩍 눈살을 찌푸렸다.

목표치가 너무 낮다는 생각이 들어서였다.

그때 이용운이 다시 말했다.

"어제 스티븐 스트라스버그를 상대로 삼구삼진 세 개를 당했던 것을 잊지 마라."

'쩝.'

박건이 입맛을 다셨다.

다부지게 각오를 다지고 들어섰던 어제 경기 세 차례 타석에서 모두 삼진을 당했던 것은 부인할 수 없는 팩트였기 때문이었다.

"중요한 건 따로 있다."

"무엇입니까?"

"어제보다 나아진 모습을 보이는 것이다."

"알겠습니다. 그럼 1차 목표는 맥스 슈어저를 상대로 안타를 하나 빼앗아내는 것으로 잡겠습니다."

"1차 목표?"

"목표를 초과 달성할 수도 있는 것 아니겠습니까?"

박건이 되묻자, 이용운이 코웃음을 치며 대답했다.

"1차 목표라도 달성하면 다행이다."

*   *   *

0—0.

0의 균형을 이룬 채 양 팀의 경기는 2회 말로 접어들었다.

1회 말 수비를 삼자범퇴로 가볍게 처리했던 멕스 슈어저는 2회 말의 첫 타자인 로빈슨 카노와 풀카운트 승부를 펼쳤다.

슈아악.

풀카운트에서 멕스 슈어저는 몸쪽 직구를 선택했다.

과감한 몸쪽 승부는 예상치 못했기 때문일까.

로빈슨 카노는 배트를 휘두르지 못하고 움찔한 것이 반응의 전부였다.

삼진을 확신한 듯 멕스 슈어저가 오른 주먹을 불끈 움켜쥐었다.

그렇지만 주심의 판단은 달랐다.

"볼넷."

너무 깊었다고 판단한 주심은 볼넷을 선언했다.

툭.

멕스 슈어저가 로진백을 집어 들었다가 바닥에 내던졌다.

대기타석을 향해 걸어가면서 멕스 슈어저의 반응을 살피던 박건이 입을 뗐다.

"주심이 몸쪽 공에 인색한 편인 것 같습니다."

"확실히 어제보단 낫구나."

그 이야기를 들은 이용운이 말했다.

"왜 어제보다는 낫다는 겁니까?"

"어젠 주심의 스트라이크존에는 아예 신경도 못 썼으니까."

'그랬구나.'

기억을 더듬던 박건이 쓴웃음을 지었다.

메이저리그 진출 후 첫 정규시즌 경기.

그리고 뉴욕 메츠 홈 팬들 앞에서 첫선을 보이는 자리였다.

해서 박건은 부지불식간에 많이 긴장하고 있었다.

그런데 두 번째 경기인 오늘은 긴장이 조금 풀렸다.

첫 경기에서는 기억조차 나지 않던 주심의 스트라이크존이 오늘은 눈에 들어오는 것이 그 증거였다.

무사 1루 상황에서 타석에 들어선 것은 5번 타자 윌슨 라모스.

대기타석에 들어선 박건이 윌슨 라모스와 멕스 슈어저의 대결을 지켜보기 시작했다. 그리고 윌슨 라모스는 멕스 슈어저의 초구를 공략했다.

슈아악.

딱.

멕스 슈어저가 던진 바깥쪽 직구를 밀어 친 타구는 3루수 방면으로 굴러가는 내야땅볼이었다.

'병살 코스.'

박건이 병살타가 됐다고 판단했지만, 결과는 달랐다.

발이 빠른 윌슨 라모스가 전력 질주를 펼친 끝에 간발의 차로 1루에서 세이프 판정을 받았다.

워싱턴 내셔널스의 감독인 로이드 마르티네즈는 1루심의 판정에 승복하지 못하고 비디오판독을 요청했다.

비디오판독은 꽤 길게 이어졌다.

1루에서의 승부가 워낙 접전이라 판독이 쉽지 않다는 증거.

약 3분여의 시간이 흐른 후 주심이 양팔을 가로로 벌렸다.

"세이프."

원심이 확정된 순간, 멕스 슈어저가 흥분을 감추지 못했다.

판독 불가인 경우 원심을 유지한다는 비디오판독 룰에 대해서 멕스 슈어저가 모를 리 없었다.

그래서 그가 더욱 아쉬움을 드러내는 것이었다.

'다혈질.'

무척 흥분한 기색으로 마운드 발판을 고르고 있는 멕스 슈어저를 바라보던 박건이 떠올린 생각이었다. 그리고 멕스 슈어저가 흥분한 것은 박건의 입장에서는 유리했다.

흥분한 상황에서는 실투가 나올 가능성이 높아지기 때문이었다.

"직구가… 들어올 확률이 높다."

박건이 타석에 들어서기 직전, 이용운이 신중한 목소리로 말했다.

KBO 리그에서 박건이 활약할 시절, 구종 예측을 하던 이용운의 목소리는 확신에 가득 차 있었다.

그렇지만 지금 이용운의 어투에는 확신 대신 조심스러움이 묻어났다.

'이것도 어제와 달라진 점이네.'

어쨌든 어제 경기에서는 이용운이 계속 입을 꾹 다물고 있었다.

그런데 오늘 경기에서는 이용운이 구종 예측을 하기 시작했다.

"코스는… 몸쪽이겠죠?"

"왜 몸쪽이라 생각한 거지?"

"듣보잡이니까요."

"듣보잡이라 무시한다?"

"네."

"내 생각도 같다."

의견이 일치한 순간, 박건이 배트를 고쳐 쥐었다.

'공격적으로.'

메이저리그는 타자들뿐만 아니라 투수들도 공격적인 성향이 강했다.

또, 예측이 어려운 볼배합을 자주 가져갔다.

따라서 볼카운트가 불리하게 몰리면 메이저리그 투수들의 공을 공략하기 더 어려워진다는 것.

어제 경기를 통해서 얻은 교훈 중 하나였다.

슈아악.

그때, 멕스 슈어저가 초구를 던졌다.

'몸쪽 직구.'

멕스 슈어저의 손을 떠난 공을 확인한 박건이 두 눈을 빛냈다.

구종과 코스 예측이 적중했다는 사실을 알아챘기 때문이었다.

그리고 하나 더.

'제구가 완벽하네.'

1루심의 판정에 불만을 품은 멕스 슈어저는 흥분 상태였다. 그렇지만 지금 그가 던진 공의 제구는 완벽에 가까웠다.

타자의 무릎 높이로 파고드는 몸쪽 직구의 제구는 말 그대로 완벽에 가까웠지만, 구종 예측이 적중한 상황이었다.

그러니 공략이 불가능한 것은 아니었다.

딱.

박건이 힘껏 휘두른 배트에 공이 걸렸다.

그렇지만 기대했던 경쾌한 타격음은 아니었다.

둔탁한 타격음과 함께 타구는 3루수 방면으로 굴러갔다.

'병살 코스!'

타다닷.

땅볼타구를 확인한 박건이 전력 질주를 펼쳤다.

어떻게든 병살플레이가 되는 것을 막기 위해서 최선을 다했지만, 1루수의 글러브에 송구가 도착하는 것이 박건의 발이 1루 베이스에 닿는 것보다 조금 더 빨랐다.

"아웃."

1루심이 단호하게 아웃을 선언한 순간, 멕스 슈어저가 비로소 만족한 기색으로 주먹을 불끈 움켜쥐었다.

반면 박건의 표정은 와락 일그러졌다.

메이저리그 첫 안타를 내심 기대했다.

그렇지만 결과는 메이저리그 첫 병살타였다.

어제 경기에서 3연속 삼진을 당했고, 오늘 경기 첫 타석에서는 병살타까지.

말 그대로 최악의 스타트였다.

"가라앉았어."

더그아웃으로 쉬이 떨어지지 않는 걸음을 떼며 박건이 아까 타석에서의 상황을 되짚어보았다.

멕스 슈어저가 구사했던 몸쪽 직구.

홈플레이트 근처에서 갑자기 가라앉았다. 그래서 배트 중심이 아닌 배트 하단에 맞으면서 3루수 앞으로 굴러가는 땅볼타구가 만들어진 것이었다.

"싱킹 패스트볼이었다."

"싱킹 패스트볼… 요?"

"그래. 투심 패스트볼을 살짝 변형한 거지. 그리고 멕스 슈어저의 싱킹 패스트볼은 볼의 움직임이 대단하다고 정평이 나 있다."

박건 역시 멕스 슈어저의 투구 분석을 했다.

비디오 분석을 통해서 확인했던 멕스 슈어저의 싱킹 패스트볼의 궤적은 무척 날카로웠다.

해서 그의 싱킹 패스트볼을 염두에 두고 타석에 들어섰음에도 공략이 쉽지 않았다.

어쨌든 박건도 투수 출신.

당연히 싱킹 패스트볼에 대해서 알고 있었다.

일반적으로 투수들이 구사하는 직구는 두 가지.

포심 패스트볼과 투심 패스트볼이었다.

우선 포심 패스트볼은 검지와 중지를 야구공의 실밥을 가로질러 잡아 던지는 구종이었다.

공의 진행 방향과 반대 방향으로 회전을 걸어 중력의 영향을 상쇄시킴으로써 공이 홈플레이트까지 직선 궤도에 가깝게 날아간다.

투구폼에 따라서 차이가 있기는 하지만, 회전 없이 던진 공이 약 3㎝가량 높은 궤도를 유지하기 때문에 타자 입장에서는 공이 높이 떠서 온다는 착시를 불러일으키기도 한다.

이 때문에 혹자는 라이징패스트볼이라는 용어를 쓰기도 했다.

반면 투심 패스트볼은 검지와 중지를 야구공의 실밥에 나란히 얹고 공을 잡아 던지는 구종이었다.

투심 패스트볼의 특징은 포심 패스트볼에 비해 속도가 느리긴 하지만 공의 움직임이 크다는 것이었다.

흔히 뱀직구라고 부르는 홈플레이트 근처에서 많은 변화를 일으키는 직구가 바로 투심 패스트볼이었다.

일반적으로는 횡 방향의 움직임이 큰 편이지만, 투수에 따라서 다양한 변화를 만들어낼 수 있었다.

그 다양한 변화 중 하나가 싱킹 패스트볼.

'이게… 싱킹 패스트볼이라고?'

멕스 슈어저가 자신을 상대로 구사한 공이 투심 패스트볼 계열인 싱킹 패스트볼이 맞다는 이용운의 이야기를 듣고 난 후, 박건이 표정을 굳혔다.

'싱커에 더 가깝지 않나?'

타석에서 멕스 슈어저의 공을 경험했던 박건은 싱커처럼 느꼈다.

물론 일반적인 싱커보다는 훨씬 더 구속이 빠르다는 차이점이 있긴 했지만.

'만약 이런 투심 패스트볼을 자유자재로 구사할 수 있다면… 내가 타석에서 공략할 수 있을까?'

박건의 표정이 딱딱하게 굳어진 이유.

자신감이 급하락했기 때문이었다.

'이래서 메이저리그 최정상급 투수로구나.'

멕스 슈어저를 직접 상대하고 난 후, 박건이 감탄을 금치 못하고 있을 때였다.

"벌써 기죽을 필요 없다."

이용운이 말했다.

"하지만……."

"다 저렇지는 않다."

"……?"

"스티븐 스트라스버그와 멕스 슈어저는 메이저리그에서 별종이라 불릴 정도로 최정상급 투수들이다. 나머지 투수들은 스티븐 스트라스버그나 멕스 슈어저 정도로 뛰어나지는 않으니까 벌써 기죽을 필요는 없단 뜻이다."

비로소 말뜻을 이해한 박건의 표정이 조금 풀렸을 때, 이용운이 덧붙였다.

"그리고 별종에 가까운 괴물들도 가끔씩 실투는 던진다."

박건을 위로하기 위해서 꺼낸 말이었지만, 솔직히 말하면 별로 위로는 안 됐다.

그래서 박건이 한숨을 내쉬며 대답했다.

"실투를 던지길 기다리다가 목 빠지겠네요."

제4장

실투를 얼마나 줄이느냐?

투수의 역량은 이 부분에 의해 갈린다는 속설이 있다.

최근 들어 타자들의 타격 기술이 상승한 상황.

실투를 놓치는 경우는 드물었다.

따라서 투수는 마운드에서 실투를 최소한으로 줄여야 했다. 그리고 얼마나 실투를 줄이느냐 여부가 좋은 투수의 가늠자 역할을 하는 법이다.

그렇지만 실투를 아예 던지지 않는 투수는 없다.

선발투수로 한 경기를 치르다 보면 제구가 뜻대로 되지 않으며 몇 개의 실투는 던지기 마련이다.

메이저리그 최정상급 선발투수의 경우, 경기당 한두 개의 실투를 던진다고 알려져 있다. 그리고 멕스 슈어저가 실투를 던지기를 기다리는 것은 감나무 아래에서 감이 떨어질 때까지 입을 벌린 채 기다리는 것과 비슷하다.

'목에 담이 올 거야.'

문득 든 생각에 박건이 쓴웃음을 머금었다.

멕스 슈어저가 한 경기에 하나 내지 두 개가량 던지는 실투가 마침 자신의 타석에서 들어올 확률?

극히 낮았다.

그러니 실투를 던질 때까지 목을 빼고 기다리는 것은 무모했다.

실투가 아닌 공을 공략해서 좋은 타구를 만들어내야 했다.

0—0.

0의 균형이 이뤄진 채 경기는 5회 말로 접어들었다.

5회 말의 선두타자인 5번 타자 윌슨 라모스는 멕스 슈어저와 풀카운트 승부를 펼쳤다.

슈악.

딱.

멕스 슈어저의 6구째 바깥쪽 직구를 윌슨 라모스가 힘껏 잡아당겼다.

그렇지만 타구는 뜨지 못했다.

땅볼타구를 3루수가 안전하게 포구한 후 1루로 강하게 송구해서 첫 번째 아웃카운트를 잡아냈다.

1사 주자 없는 상황에서 박건이 타석으로 들어섰다.

'싱킹 패스트볼.'

조금 전 윌슨 라모스에게서 땅볼타구를 유도해 낸 공.

자신에게 병살타를 유도했을 때와 같은 공이었다.

직구처럼 날아오다가 홈플레이트 근처에서 살짝 가라앉았기 때문에 배트 중심이 아닌 배트 하단에 맞으며 땅볼이 나온 것이었다.

'싱킹 패스트볼을 공략하지 못하면 좋은 타구를 만들어낼 수 없다.'

멕스 슈어저는 오늘 경기에서 싱킹 패스트볼을 결정구로 사용하고 있었다.

박건으로서도 멕스 슈어저의 싱킹 패스트볼을 의식하지 않을 수 없었다.

그때, 멕스 슈어저가 초구를 던졌다.

슈악.

멕스 슈어저가 초구로 선택한 구종은 커브.

줄곧 직구를 의식하고 있다가 허를 찔려 버린 박건은 그냥 지켜보았다.

"스트라이크."

주심이 스트라이크를 선언한 순간, 박건이 타석에서 물러났다.

지익. 지이익.

장갑을 고쳐 끼면서 박건이 작게 입을 뗐다.

"볼배합을 바꿨습니다."

"변화구로 카운트를 잡기 시작했다. 다음 공도 변화구일 공산이 크다."

이용운의 구종 예측을 들은 후, 박건이 타격자세를 취했다.

슈아악.

그렇지만 이용운의 구종 예측은 빗나갔다.

멕스 슈어저는 구속이 96마일인 직구를 바깥쪽 꽉 찬 코스로 던졌다.

"스트라이크."

주심이 스트라이크를 선언하면서 불리한 볼카운트로 몰린 순간, 박건이 이용운을 원망했다.

"구종 예측이 틀렸잖습니까?"

"요새 계속 틀린다니까."

너무 당당하게 대꾸하는 이용운으로 인해 헛웃음을 흘린 박건이 다시 물었다.

"다음은 어떤 구종이 들어올까요?"

"아까 내 말 못 들었냐? 계속 틀린다니까."

"들었습니다."

"그런데 왜 물어?"

"그래서 물었습니다."

박건이 대답하자, 이용운이 황당하단 목소리로 물었다.

"내가 자꾸 틀리니까 신이 나는가 보지?"

"그래서가 아닙니다."

"그럼?"

"반대로 가려고요."

"……?"

"선배님의 구종 예측이 계속 틀리니까 반대로 가면 될 것 같아서요."

박건의 의도를 알아채고 자존심이 상한 걸까.

이용운은 돌연 침묵했다.

"선배님."

"……."

"이럴 시간 없습니다."

"……."

"빨리 알려주시죠."

박건의 재촉을 받고서야 이용운이 마지못한 목소리로 대답했다.

"…커브가 들어올 것이다."

그 대답을 들은 박건이 말했다.

"3구째로는 직구가 들어올 확률이 높군요."

*　　　*　　　*

'멕스 슈어저는 직구를 던질 거야.'

박건이 이렇게 판단한 가장 큰 이유.

이용운이 커브가 들어올 거라고 구종 예측을 했기 때문이었다.

본인의 입으로 밝혔듯이 이용운의 구종 예측은 최근 들어 계속 틀리고 있었다. 그리고 이번에도 틀릴 가능성이 높았다.

그렇지만 다른 이유도 존재했다.

바로 메이저리그 투수들의 공격적인 성향 때문이었다.

노 볼 2스트라이크.

투수에게 압도적으로 유리한 볼카운트였다.

KBO 리그 투수들의 경우, 타자의 배트를 끌어내 헛스윙을 유도하기 위해서 유인구를 던지는 게 일반적이었다.

그렇지만 박건이 경험했던 메이저리그 투수들의 성향은 달랐다.

공격적인 성향을 감추지 않고 드러내며 유인구를 배제하고 바로 타자와 승부하는 경우가 잦았다.

스티븐 스트라스버그와 멕스 슈어저.

메이저리그에서도 최정상급으로 손꼽히는 선발투수들이었다.

그런 두 투수는 현재 워싱턴 내셔널스에서 원투펀치를 이루고 있었다.

같은 팀 동료이긴 하지만, 서로 간에 경쟁의식이 없을 리 없었다.

개막전에서 스티븐 스트라스버그가 완봉승을 거둔 상황.

멕스 슈어저도 스티븐 스트라스버그에 뒤처지는 모습을 보이고 싶지 않을 것이었다.

그러니 역시 완봉승 내지는 완투승을 노릴 터.

그 목표를 달성하기 위해서는 투구수를 최소한으로 줄일 필요가 있었고, 이것이 멕스 슈어저가 빠른 승부를 가져갈 거라고 박건이 판단했던 또 하나의 이유였다.

그때, 멕스 슈어저가 투구 동작에 돌입했다.

슈아악.

잠시 후 그의 손에서 공이 떠난 순간, 박건이 두 눈을 빛냈다.

'바깥쪽 직구.'

구종 예측이 적중했음을 알아챘기 때문이었다.

'이번엔 기필코 안타를 만들어낸다.'

박건이 이를 악물고 배트를 힘껏 휘둘렀다.

부우웅.

그렇지만 박건이 휘두른 배트는 허공을 갈랐다.

"스트라이크아웃."

헛스윙 삼진을 당한 순간, 박건이 황급히 고개를 돌렸다.

그런 박건이 확인한 것은 포수의 미트 위치였다.

'높다?'

잠시 후, 멕스 슈어저의 공을 받은 포수의 미트 위치가 자신이 예상했던 것보다 높다는 것을 확인한 박건이 눈살을 찌푸렸다.

'싱킹 패스트볼이… 아니었다.'

코스와 구종 예측.

두 가지가 모두 들어맞았다. 그럼에도 불구하고 박건은 멕스 슈어저가 던지는 공을 제대로 공략하지 못했다.

아니, 배트에 공을 맞히지도 못했다.

그 이유는 멕스 슈어저가 던진 공이 아래로 꺾이지 않았기 때문이었다.

당연히 싱킹 패스트볼이 들어올 거라 예상하고 어퍼스윙을 했는데, 멕스 슈어저는 싱킹 패스트볼을 던지지 않은 것이었다.

"투심 패스트볼이 아니라… 포심 패스트볼이었다."

이용운도 그 사실을 확인해 주었다.

'어렵다.'

또 한 번 삼진을 당한 후, 박건의 표정이 무섭게 굳어졌다.

*　　　　*　　　　*

0—0.

양 팀의 선발투수들이 호투를 이어나가는 가운데, 경기는 8회 초로 접어들었다.

1사 주자 없는 상황에서 타석에 들어선 것은 9번 타자 멕스 슈어저.

"대타자를… 기용하지 않네요."

마치 당연하다는 듯이 타석을 향해 걸어 나오는 멕스 슈어저를 확인한 박건이 의외라는 시선을 던졌다.

"완투를 노리고 있으니까."

7회까지 멕스 슈어저의 투구수는 78개.

완투가 가능할 정도로 투구수 관리가 잘된 편이었다.

그때, 제이콥 디그롬이 초구를 던졌다.

슈악.

따악.

초구로 커브가 들어온 순간, 멕스 슈어저가 마치 기다렸다는 듯이 힘차게 배트를 돌렸다.

배트 중심에 맞고 쭉쭉 뻗는 타구를 확인한 박건이 빙글 몸을 돌려서 펜스 쪽으로 달려갔다.

그러나 얼마 지나지 않아 달리는 것을 멈췄다.

"넘어갔다."

이용운이 잡을 수 없는 타구라고 알려줬기 때문이었다.

박건이 몸을 돌리지 않은 채 펜스를 살짝 넘기고 떨어지는 타구를 확인했다.

'투수가… 홈런을 쳤다?'

그제야 몸을 돌린 박건이 천천히 그라운드를 돌고 있는 멕스 슈어저를 바라보았다.

"대단하네."

멕스 슈어저의 스윙.

군더더기를 찾을 수 없을 정도로 간결했다.

방금 전 멕스 슈어저의 스윙은 야수들의 스윙 못지않았다.

"나보다 낫네."

잠시 후, 박건이 자조 섞인 웃음을 흘렸다.

5타수 무안타 4삼진.

어제 경기와 오늘 경기에서 다섯 차례 타석에 들어선 박건은 단 하나의 안타도 기록하지 못했다.

삼진만 네 차례 빼앗기면서 극도로 부진한 모습을 보였다.

그런데 멕스 슈어저는 길었던 0의 행진을 깨뜨리는 홈런을 터뜨렸다.

마운드에서 최고의 피칭을 선보이는 와중에 타석에서 터뜨린 홈런이었기에 더욱 대단하게 느껴졌다.

"확실히… 후배보다 낫군."

이용운의 이야기를 들은 박건이 표정을 일그러뜨렸다.

멕스 슈어저는 투수.

그런데 투수보다 타격이 못하단 이야기를 남의 입을 통해서 듣고 나자 자존심이 상한 것이었다.

그렇지만 이용운은 박건의 표정 변화에 개의치 않고 이야기를 이어나갔다.

"이게 멕스 슈어저의 매력이지. 공만 잘 던지는 게 아니라 승부욕이 강해서 타석에서도 끈질긴 승부를 가져간다. 그리고 매년 투수 부문 실버슬러거상 후보에 오를 정도로 타격 실력도 빼어난 편이지."

실버슬러거상은 메이저리그에서 매년 각 포지션에서 최고의 공격력을 보여준 선수에게 수여되는 상이었다.

골든글러브가 수비력만을 평가하여 시상한다면, 실버슬러거상은 공격력만을 평가하여 시상한다는 것이 차이점이었다.

내셔널리그의 경우 투수도 타격을 해야 하므로 투수 부분에서도 실버슬러거상을 수여했다. 그리고 내셔널리그 투수 부분 실버슬러거상의 단골 수상자는 바로 저스틴 벌랜더였다.

그렇지만 저스틴 벌랜더가 올 시즌을 앞두고 아메리칸리그에 속한 팀으로 이적했기 때문에 올 시즌 실버 슬러거상의 유력 후보가 멕스 슈어저였다.

"이런 매력이 멕스 슈어저가 팬들에게 인기를 얻는 요인이다."

"방금 멕스 슈어저의 타격을 보며 문득 그런 생각이 들었습니다."

"어떤 생각?"

"최소한 투수보단 타격 실력이 나아야 한다는 생각요."

박건이 각오를 다지며 덧붙였다.

"다음 타석에는 꼭 안타를 때려낼 겁니다."

*　　　*　　　*

0—1.

멕스 슈어저의 솔로홈런이 터지면서, 워싱턴 내셔널스가 리드를 잡은 채 경기는 8회 말에 접어들었다.

1사 주자 없는 상황에서 박건이 타석으로 들어섰다.

"야구는 의지만으로 되는 게 아니다."

그런 박건에게 이용운이 말했다.

아까 다음 타석에 들어섰을 때는 꼭 안타를 때려내겠다는 박건의 각오를 들었기에 꺼낸 말이리라.

"저도 알고 있습니다."

"그럼 방법도 찾았다는 뜻이냐?"

"네."

박건이 대답하자, 이용운이 흥미를 드러냈다.

"후배가 찾아낸 방법이 대체 뭐지?"

"선배님입니다."

"나?"

박건의 대답이 예측 범위를 벗어났기 때문일까?

이용운이 놀란 목소리로 되물은 순간, 박건이 대답했다.

"오늘 경기를 하던 중에 이용운 활용법을 찾았습니다."

"이용운 활용법을… 찾았다고?"

"네."

"대체 날 어떻게 활용하겠다는 뜻이냐?"

"오답 노트로 활용할 겁니다."

"오답 노트?"

"이제부터 반대로 갈 겁니다."

"……?"

"요새 계속 선배님의 구종 예측이 틀리지 않습니까? 그래서 선배님이 구종 예측을 하신 것의 반대라고 생각하면 대충 맞는 것 같습니다."

지난 타석의 경험을 통해 박건은 새로운 '이용운 활용법'을 찾아냈다.

그렇지만 정작 이용운은 박건이 찾아낸 '이용운 활용법'이 마음에 들지 않는 듯했다.

"하지만……."

"선배님."

"말해라."

"지금까지처럼 최선을 다해주시면 됩니다."

"쩝."

말문이 막혀 버린 이용운이 입맛을 다셨다.

그런 그에게 박건이 부탁했다.

"어서 구종 예측을 해주시죠."

"지금?"

이용운이 당혹스러운 기색을 드러냈을 때, 박건이 재촉했다.

"그럼 경기 끝나고 해주실 겁니까?"

*　　　　*　　　　*

"내 생각에는… 커브가 들어올 것 같다."

'직구!'

이용운이 초구로 커브가 들어올 거라고 구종 예측을 한 순간, 박건은 직구를 떠올렸다.

'코스는 바깥쪽.'

멕스 슈어저는 자신에 대해 알고 있는 정보가 전무하다시피 했다.

따라서 지금의 상황만 놓고 판단해야 했다.

현재 스코어는 0—1.

워싱턴 내셔널스가 살얼음판 같은 리드를 유지하고 있었다.

만약 경기 막판에 불의의 홈런을 허용한다면 멕스 슈어저는 승리투수가 될 기회를 날리게 되는 것이었다.

또, 워싱턴 내셔널스의 승리도 장담할 수 없게 됐다.

그런 만큼 멕스 슈어저 입장에서는 장타를 의식하지 않을 수 없는 상황.

과감한 몸쪽 승부를 펼치기는 어렵다고 박건이 판단한 것이었다.

'바깥쪽 직구.'

원래라면 수 싸움은 여기서 끝이었다.

바깥쪽 직구를 노려서 제대로 공략하면 끝나는 것이었다.

그렇지만 오늘은 달랐다.

아직 남은 것이 있었다.

'투심이냐? 포심이냐?'

멕스 슈어저가 구사한 투심 패스트볼과 포심 패스트볼을 모두 경험한 박건으로서는 결정을 내리지 않을 수 없었다.

그때, 이용운이 입을 뗐다.

"그나저나… 이상하구나."

"뭐가 이상하단 겁니까?"

"멕스 슈어저 말이다. 내가 조사한 바로는 포심 패스트볼은 거의 던지지 않거든. 비시즌 기간 동안 연마했나?"

'포심 패스트볼은 거의 던지지 않는다?'

그 이야기를 들은 순간, 박건이 두 눈을 빛냈다.

퍼뜩 떠오르는 것이 있었기 때문이었다.

'투심 패스트볼이다.'

마침내 수 싸움을 마친 박건이 잔뜩 웅크린 채 멕스 슈어저를 노려보았다.

잠시 후, 멕스 슈어저가 투구 동작에 돌입했다.

슈아악.

그의 손에서 공이 떠난 순간, 박건이 속으로 쾌재를 불렀다.

구종 예측이 적중했음을 확인했기 때문이었다.

따악.

힘껏 휘두른 배트 중심에 맞은 타구가 우중간으로 날아갔다.

타구의 방향과 궤적을 힐끗 살핀 박건이 전력 질주를 시작했다.

'3루까지 노린다.'

1사 2루와 1사 3루.

득점을 올릴 수 있는 확률이 천지 차이였다. 그래서 득점을 올릴 수 있는 확률이 더 높은 3루를 목표로 전력 질주를 하던 박건이 부탁했다.

"중계 상황을 전해주십시오."

그 부탁을 받은 이용운이 말했다.

"멈춰라."

'2루에서 멈추라는 뜻이구나.'

박건이 이렇게 판단하고 달리던 속도를 줄였을 때, 이용운이 덧붙였다.

"잡혔으니까."

*   *   *

최종 스코어 0—1.

뉴욕 메츠는 워싱턴 내셔널스와의 개막 2연전을 모두 패했다.

개막 2연전 가운데 1차전은 스티븐 스트라스버그, 2차전은 맥스 슈어저에게 완벽하게 막히며 두 경기 연속 완봉패를 기록한 최악의 스타트였다.

숙소로 돌아온 박건이 못내 아쉬움을 드러냈다.

6타수 무안타.

개막 2연전에서 여섯 차례 타석에 들어섰던 박건이 남긴 성적표였다.

삼진을 무려 네 차례나 당한 데다가 병살타도 하나 기록한 타격 성적.

내심 기대했던 것과는 전혀 다른 초라하기 짝이 없는 스타트였다.

그렇지만 박건이 가장 아쉬움을 느끼는 것은 멕스 슈어저를 세 번째로 상대했던 타석에서 때려냈던 타구였다.

수 싸움에서 이겼기에 배트 중심에 걸렸던 타구.

우중간 코스로 날아가던 타구는 최소 2루타성이었다.

그렇지만 워싱턴 내셔널스 중견수의 호수비에 잘 맞은 타구가 잡히는 바람에 박건은 메이저리그 커리어 첫 안타를 빼앗긴 셈이었다.

'만약 타구가 빠졌다면?'

그 타구를 중견수가 잡지 못했다면 경기의 양상은 달라졌을 가능성이 높았다.

박건은 빠른 주력을 뽐내며 3루에 안착했을 것이었고, 거기서 뉴욕 메츠가 추격점을 올렸다면 경기의 승패도 오리무중으로 빠졌을 것이었기 때문이었다.

"운이… 없었어."

박건이 아쉬움을 털어내기 위해서 혼잣말을 내뱉었을 때였다.

"어떻게 알았지?"

이용운이 이해가 안 간다는 목소리로 물었다.

"뭘 말씀하시는 겁니까?"

"멕스 슈어저가 바깥쪽 직구를 던질 것을 어떻게 알았냐는 뜻이다."

"선배님 덕분이었습니다."

"내 덕분이었다고?"

"선배님이 알려주시지 않았습니까?"

"내가?"

"네."

"하지만 나는 분명히……."

"멕스 슈어저가 초구로 커브를 던질 거라 예상하셨죠."

"기억하고 있구나. 그런데 왜 내 덕분이라고 말한 것이냐?"

"선배님의 구종 예측과 반대로 갔습니다. 덕분에 직구를 던질 것을 예측할 수 있었죠."

박건이 설명하자, 이용운이 잠시의 침묵 후 다시 입을 뗐다.

"농담이… 아니었느냐?"

"농담 아니었습니다."

"하지만……."

"결과적으로는 직구가 들어올 것을 정확히 예측했지 않습니까?"

이용운의 말문이 막혔다.

잠시 후 그가 다시 물었다.

"그런데 포심 패스트볼이 아니라 투심 패스트볼이 들어올 것은 어떻게 알았지?"

박건이 멕스 슈어저와의 세 번째 대결에서 배트 중심에 맞히는 타구를 기록할 수 있었던 것은 투심 패스트볼이 들어올 것을 정확히 예측했기 때문이었다.

"그것 역시 선배님 덕분이었습니다."

"또 내 덕분이었다고?"

"네."

"내가 뭘 했다고……?"

"선배님께서 말씀하셨지 않습니까?"

박건의 말이 끝나기 무섭게 이용운이 반박했다.

"분명히 말하지만 그 부분에 대한 예측은 한 적이 없다."

"그건 저도 알고 있습니다."

"그런데 왜……?"

"예측은 하지 않으셨지만 다른 얘기는 하셨습니다."

"다른 얘기? 어떤 얘기를 말하는 것이냐?"

"그나저나… 이상하구나. 내가 조사한 바로는 멕스 슈어저는 포심 패스트볼은 거의 던지지 않거든. 비시즌 기간 동안 연마했나?"

"……?"

"이렇게 말씀하셨던 것, 기억 안 나십니까?"

"기억이 난다. 그런데 그게 왜……?"

이용운의 말을 도중에 자르며 박건이 나섰다.

"틀렸습니다."

"틀렸다니? 뭐가 틀렸다는 거지?"

"포심 패스트볼이 아니었습니다."

"응?"

"선배님 말씀처럼 멕스 슈어저는 포심 패스트볼을 거의 던지지 않습니다. 그리고 지난 경기에서도 마찬가지였습니다."

"그렇지만 분명히 던졌다. 후배도 직접 타석에서 경험하지 않았느냐?"

이용운이 말하는 것.

박건이 멕스 슈어저를 두 번째 타석에서 상대했을 때를 말하는 것이었다.

당시 박건은 삼구삼진을 당했다.

그리고 박건이 헛스윙을 했던 공이 포심 패스트볼이라고 이용운은 말했었다

솔직히 말하면 박건 역시 당시에는 포심 패스트볼이라고 생각했다.

그렇지만 그 생각이 바뀐 것은 이용운의 이야기를 듣고 난 후였다.

'포심 패스트볼의 구사 비율이 너무 높다?'

박건이 더그아웃에서 유심히 살핀 후 품었던 의문이었다. 그리고 박건이 내린 결론은 포심 패스트볼이 아니라는 것이었다.

"투심 패스트볼이었습니다. 다만 마음먹은 대로 구사가 되지 않았던 것뿐이죠."

"그걸 어떻게 확신할 수 있었지?"

"구속이었습니다."

"구속?"

"변하지 않았습니다."

"뭐가 변하지 않았다는 것이냐?"

"구속이 변하지 않았다는 뜻입니다."

투심 패스트볼과 포심 패스트볼의 가장 큰 차이.

구속 차이가 발생한다는 것이었다.

포심 패스트볼은 볼끝의 변화가 투심 패스트볼에 비해서 적은 대신 구속이 더 나온다는 특징이 있었다.

그런데 멕스 슈어저가 던진 투심 패스트볼과 포심 패스트볼

은 구속 차이가 거의 없었다.

그것을 확인하고 박건이 퍼뜩 떠올렸던 것.

어쩌면 멕스 슈어저가 구사하는 공이 포심 패스트볼이 아닐지도 모른다는 것이었다.

"그러니까 멕스 슈어저가 구사한 것은 포심 패스트볼이 아니라 투심 패스트볼이었다. 다만 투심 패스트볼이 마음먹은 대로 꺾이지 않아서 포심 패스트볼을 구사한 것처럼 보였다. 이 뜻이냐?"

"맞습니다."

"설마?"

박건이 충분히 설명을 마쳤음에도 이용운은 쉬이 믿지 못했다.

그런 그를 위해서 박건이 덧붙였다.

"이미 확인까지 했습니다."

"뭘 확인했다는 것이냐?"

"멕스 슈어저에게 확인했습니다."

"……?"

"경기 후반에 접어든 후 투심 패스트볼이 마음먹은 대로 제구가 되지 않아서 고전했다고 하더군요."

"그걸 어떻게……?"

"못 믿겠으면 직접 보시죠."

박건이 스마트폰을 꺼내서 경기 수훈 선수로 선정됐던 멕스 슈어저가 인터뷰한 기사를 띄웠다.

스마트폰 화면에 떠올라 있는 영문 기사를 읽은 후, 이용운이 충격받은 목소리로 질문했다.

"이걸 어떻게 해석했느냐?"

"저도 이제 영어 좀 합니다."

박건이 씨익 웃으며 덧붙였다.

"제가 외국어 영재였을지도 모르겠습니다."

"……?"

"금방 눈과 귀가 트이네요."

"말도 안 돼."

박건이 잘난 체를 했지만 이용운은 도무지 믿기지 않는다는 기색이었다.

그리고 그의 의심이 옳았다.

박건은 외국어 영재와는 거리가 멀었다.

또, 미국으로 건너오자마자 눈과 귀가 트인 것도 아니었다.

박건이 이 영문 기사를 읽고 이해할 수 있었던 데는… 어디까지나 번역 어플의 도움이 컸으니까.

그렇지만 이용운은 그 사실을 전혀 몰랐다.

그리고 박건은 이용운의 정신이 딴 데 팔린 사이에 번역 어플을 사용했다는 사실을 굳이 알릴 생각이 없었다.

해서 박건이 서둘러 화제를 돌렸다.

"멕스 슈어저를 상대로 메이저리그 진출 후 첫 안타를 빼앗아 내지 못해 아쉬운 것은 사실이지만, 그래도 희망을 엿봤습니다."

"무슨 희망을 엿봤다는 것이냐?"

"메이저리그 최정상급 투수를 상대로도 정타를 때려낼 수 있다는 자신감이 생겼습니다."

개막전 경기에서 스티븐 스트라스버그에게 삼진만 세 차례 당했을 때만 해도 눈앞이 캄캄했다.

또, 메이저리그에서 활약하는 최정상급 투수들에 대한 공포심마저 생겼다.

그렇지만 멕스 슈어저를 상대한 마지막 타석에서 박건은 중견수의 호수비가 아니었다면 장타가 될 뻔했던 잘 맞은 타구를 만들어냈다.

실투를 공략한 것이 아니었다.

바깥쪽 꽉 찬 코스로 파고든 제구가 완벽했던 직구를 제대로 공략해서 만들어냈던 정타였다.

따악.

경쾌한 타격음이 울려 퍼졌던 순간, 박건은 멕스 슈어저가 당황한 기색을 드러냈던 것을 놓치지 않았다.

덕분에 메이저리그 최정상급 투수의 공도 충분히 공략할 수 있다는 자신감을 얻을 수 있었다.

또, 공포심도 밀어낼 수 있었다.

"이제부터 시작입니다."

"자만이 아닐까?"

"선배님께서 말씀하셨지 않습니까? 매도 먼저 맞는 게 낫다고."

"그 이야기가 지금 왜 나오는 거냐?"

"지난 두 경기에서 제가 상대했던 스티븐 스트라스버그와 멕스 슈어저, 메이저리그에서도 손꼽히는 최정상급 투수들이었습니다. 그렇지만 이제부터는 그보다 수준이 떨어지는 투수들을 상대하게 될 겁니다. 멕스 슈어저의 공도 정타를 만들어냈으니까, 다른 투수들의 공도 공략할 수 있을 겁니다."

마수걸이 안타. 그리고 마수걸이 홈런.

박건이 내일 경기에서는 꼭 안타와 홈런을 기록하겠다고 내심 각오를 다졌을 때, 이용운이 말했다.

"과연… 그럴 기회가 올까?"

*   *   *

워싱턴 내셔널스와 개막 2연전을 치렀던 뉴욕 메츠의 다음 상대는 필라델피아 필리스였다.

1승 1패.

3연전 첫 경기에서 필라델피아 필리스에게 패배하며 3연패에 빠졌던 뉴욕 메츠는 두 번째 경기에서 승리를 거두어 연패를 벗어나며 개막 후 첫 승을 거두었다.

그렇지만 뉴욕 메츠가 필라델피아 필리스와 치렀던 지난 두 경기에 박건은 출전하지 않았다.

박건 대신 페테르 알론조가 좌익수로 출전했기 때문이었다.

제5장

뉴욕 메츠와 필라델피아 필리스의 3연전.

첫 번째 경기 선발 라인업에서 제외됐다는 사실을 알고 난 후 박건은 못내 아쉬움을 드러냈다.

두 번째 경기 선발 라인업에서 제외됐을 때는 아쉬움이 더욱 커졌다.

그리고 3연전 마지막 경기에서 제외됐다는 것을 알고 난 후, 박건은 초조한 기색을 감추지 못했다.

"한번 들이받을까요?"

그 모습을 곁에서 고스란히 지켜보았던 이용운이 입을 뗐다.

"참아라."

"왜 참으라는 겁니까?"

"명분이 없다."

"하지만……."

"후배가 못한 건 팩트잖아?"

6타수 무안타, 4삼진.

메이저리그 정규시즌 두 경기에 출전했던 박건이 남긴 타격 성적은 형편없었다.

그 부분을 지적하자, 박건이 한숨을 내쉬었다.

"그렇긴 하지만……."

"8타수 3안타가 나아? 6타수 무안타가 나아?"

박건을 대신해 선발 좌익수로 출전한 페테르 알론조는 지난 두 경기에서 8타수 3안타를 기록했다.

그 3안타 가운데는 2루타도 하나 있었고.

지금까지 두 경기 성적만 놓고 보자면, 페테르 알론조가 박건보다 비교우위에 있다는 것은 부인할 수 없는 팩트였다.

"내가 감독이라도 오늘 경기에 페테르 알론조를 선발 라인업에 포함시켰을 거야."

이용운이 딱 잘라 말하자, 박건이 서운한 표정으로 다시 입을 뗐다.

"그래도……."

"아직도 억울한 부분이 있어?"

"다르지 않습니까?"

"뭐가 다르단 거야?"

"상대한 투수들의 수준요."

박건이 항변했다.

'수준이 다르긴 하지.'

이번에는 이용운도 반박하지 못했다.

뉴욕 메츠와 워싱턴 내셔널스의 개막 2연전에 선발 출전했던 박건이 상대했던 투수들은 스티븐 스트라스버그와 맥스 슈어저.

메이저리그에서도 최정상급인 투수들이었다.

반면 페테르 알론조가 상대한 투수들은 잭 애플린과 후안 니카시오.

올 시즌 필라델피아 필리스의 3선발과 4선발로 시작하는 투수들이었다.

두 투수들 모두 메이저리그 정상급 선발투수와는 거리가 먼 선수들.

따라서 박건과 페테르 알론조가 타석에서 남긴 성적을 단순 비교하는 것에는 무리가 있었다.

"아직은 시즌 극초반일 뿐이다. 너무 조급해하지 말고 느긋하게 기다리자."

이용운이 조언했다.

뉴욕 메츠는 이제 겨우 네 경기를 치렀을 뿐이었다.

시즌이 진행되다 보면, 박건 역시 각 구단의 원투펀치에 속하는 최정상급 선발투수들이 아니라 3선발 이하 투수들과 자연스레 만나게 될 터였다.

크리스 오스왈트 VS 닉 파베타.

5선발 투수들이 출전한 양 팀의 3연전 마지막 경기는 난타전 양상으로 흘러갔다.

4—6.

필라델피아 필리스가 먼저 점수를 뽑으면, 뉴욕 메츠도 바로 따라붙으며 추격하는 양상이었다.

6회 초 뉴욕 메츠의 공격은 4번 타자 로빈슨 카노부터 시작이었다.

슈악.

"볼넷."

로빈슨 카노와 신중하게 승부하던 닉 파베타는 볼넷을 허용했다.

무사 1루 상황에서 타석에 들어선 5번 타자 윌슨 라모스가 외야플라이로 물러났지만, 6번 타자 앤드류 에체베리아가 1, 2루 간을 꿰뚫는 우전안타를 기록하며 찬스가 이어졌다.

1사 1, 3루의 득점 찬스에서 타석에 들어선 것은 7번 타순에 포진된 페테르 알론조.

지난 두 타석에서 모두 초구를 건드렸다가 범타로 물러났던 페테르 알론조는 세 번째 타석에서는 신중하게 승부했다.

슈악.

"볼."

2볼 2스트라이크에서 닉 파베타가 구사한 포크볼을 잘 참아내며 풀카운트까지 승부를 끌고 갔다.

그리고 6구째.

슈악.

따악.

페테르 알론조는 닉 파베타의 슬라이더가 가운데로 몰린 것을 놓치지 않았다.

힘껏 잡아당긴 타구는 유격수의 키를 훌쩍 넘기는 좌전 안타가 됐다.

5-6.

그사이, 3루 주자인 로빈슨 카노가 여유 있게 홈으로 들어오면서 뉴욕 메츠는 추가점을 올렸다.

'실투.'

페테르 알론조가 적시타를 때려낸 닉 파베타의 슬라이더는 실투성이었다.

그렇지만 실투를 놓치지 않은 페테르 알론조도 칭찬을 받아 마땅했다.

'집중력이 좋아졌네.'

박건의 포스팅에서 뉴욕 메츠가 승자가 된 후, 이용운은 페테르 알론조에 대해서 집중적으로 분석했다.

페테르 알론조가 박건의 포지션 경쟁자였기 때문이었다.

그 분석 결과 이용운은 페테르 알론조와의 포지션 경쟁에서 박건에게 승산이 있다고 판단했다.

페테르 알론조의 수비는 준수한 편이었지만, 타격 능력에서 아쉬움을 드러냈기 때문이었다.

그렇지만 지난 세 경기에서 페테르 알론조는 11타수 4안타를 기록했다.

물론 표본이 아주 적었지만, 4할에 육박하는 타율.

게다가 페테르 알론조의 시범경기 타율도 4할대 초반이었다.

이전 시즌들에 비해 페테르 알론조의 스타트는 분명히 좋은 편이었다.

"타임."

페테르 알론조의 적시타가 나오며 한 점 차로 추격당하자 필라델피아 필리스의 빈 스컬리 감독이 마운드로 걸어 나왔다.

투구 교체가 이뤄지는 사이, 적시타를 터뜨린 페테르 알론조가 더그아웃 쪽을 바라보며 양팔을 들어 올렸다.

경기를 역전시킬 수 있다.

그러니 좀 더 파이팅하자는 의미가 담긴 손짓.

상승세를 탄 뉴욕 메츠 더그아웃의 선수들이 페테르 알론조의 손짓에 화답했다.

더그아웃에 머물고 있는 선수들 가운데 유일하게 호응하지 않은 것은… 박건뿐이었다.

박건은 심각한 표정으로 혼자 생각에 잠겨 있었다.

'초조한가 보군.'

이용운은 박건의 표정이 심각한 이유를 충분히 짐작할 수 있었다.

포지션 경쟁자인 페테르 알론조의 맹활약이 박건의 마음을 더욱 조급하고 불안하게 만들고 있는 것이었다.

'위험해.'

그런 박건의 모습이 위태롭게 느껴졌다.

그렇지만 지금 이용운이 해줄 수 있는 건 없었다.

"아직 시즌 초반일 뿐이다. 상황은 언제든 바뀔 수 있다."

이용운이 이렇게 조언한다 한들, 현재 박건의 귀에 제대로 들릴 리 없었다.

지금은 스스로 이겨내는 수밖에 없었다.

"웃어라."

"……?"

"즐겨야 야구도 잘된다."

어차피 박건에게 와닿지 않을 것임을 알고 있었다.

그럼에도 불구하고 안타까운 마음에 조언을 던진 이용운이 미겔 카브레라 감독 쪽으로 고개를 돌렸다.

미겔 카브레라 감독은 차분한 기색으로 그라운드를 응시하고 있었다.

그런 미겔 카브레라 감독이 고개를 돌렸다.

순간, 이용운이 움찔했다.

자신을 바라보는 미겔 카브레라 감독의 시선이 워낙 차가웠기 때문이었다.

'나는… 보이지 않는 존재지.'

잠시 후, 이용운이 그 사실을 깨닫고 안도했다가 다시 눈살을 찌푸렸다.

미겔 카브레라 감독의 냉철한 시선이 자신이 아니라 박건을 향한 것이라는 사실을 뒤늦게 깨달았기 때문이었다.

물론 박건은 그 시선을 알아채지 못했다.

그렇지만 이용운은 미겔 카브레라 감독의 시리도록 차가운 시선을 놓치지 않았다.

'지나치다?'

문득 그런 생각이 든 순간, 이용운의 가슴속 불안감이 짙어졌다.

        *   *   *

5—6.

양 팀 모두 일찌감치 불펜을 가동시킨 가운데 경기는 9회 초에 접어들었다.

9회 초 마운드에 오른 것은 필라델피아 필리스의 마무리투수인 애덤 모건.

지난 시즌 32세이브를 올리며 리그 정상급 마무리투수로 자리를 잡은 애덤 모건이 처음으로 상대한 타자는 뉴욕 메츠의 7번 타자 페테르 알론조였다.

슈아악.

"스트라이크"

애덤 모건은 98마일의 강속구를 바깥쪽 꽉 찬 코스로 던져서 초구 스트라이크를 잡아냈다.

그리고 2구째.

슈아악.

애덤 모건의 선택은 역시 바깥쪽 코스의 강속구였다.

딱.

페테르 알론조도 2구째는 그냥 흘려보내지 않고 힘껏 스윙했다.

그렇지만 페테르 알론조의 배트 스피드가 구속을 이겨내지 못했다.

파울이 된 순간, 페테르 알론조가 고개를 갸웃했다.

슈악.

애덤 모건은 3구째로 슬라이더를 구사했다.

바깥쪽 스트라이크존을 통과할 것처럼 보이던 슬라이더가 홈 플레이트 근처에서 휘어져 나갔다.

부우웅.

"스트라이크아웃."

페테르 알론조는 배트에 타구를 맞히지 못하고 삼구삼진으로 물러났다.

'93마일?'

전광판에 찍힌 구속을 확인한 이용운이 천천히 고개를 끄덕였다.

직구가 아니라 슬라이더임에도 불구하고 구속이 93마일.

150km에 육박했다.

'구분이 어려워.'

이렇게 구속이 빠른 슬라이더라면 직구와 구분하기 어려웠다.

당연히 대처가 어려울 수밖에 없었다.

'괜히 애덤 모건이 리그 정상급 마무리투수가 된 게 아니구나.'

이용운이 내심 감탄하고 있을 때, 타격코치가 다가왔다.

"9번 타순에 대타자로 출전한다."

타격코치는 박건이 투수 타석에 대타자로 출전할 거라고 통보했다.

"기회가… 왔습니다."

대타자 출전 통보를 받은 박건의 표정이 밝아졌다.

"이번에는 꼭 기회를 살리겠습니다."

그리고 박건이 의욕을 드러냈지만, 이용운은 오히려 표정이 어두워졌다.

'이건 좀 아닌 것 같은데.'

한숨을 내쉰 이용운이 미겔 카브레라 감독을 노려보았다.

*   *   *

슈악.

애덤 모건의 손을 떠난 슬라이더가 바깥쪽 낮은 코스로 파고들었다.

"스트라이크아웃."

전혀 반응하지 못하고 타석에서 지켜보던 아사메드 로사리오가 주심의 스트라이크 판정에 항의했다.

그렇지만 주심의 판정은 바뀌지 않았다.

2사 주자 없는 상황.

투수 타석에 박건이 대타자로 들어섰다.

'쉽지 않겠네.'

툭. 툭.

헬멧을 주먹으로 두드리며 박건이 속으로 생각했다.

더그아웃에서 지켜보았던 필라델피아 필리스의 마무리투수인 애덤 모건의 투구는 위력적이었다.

160㎞에 육박하는 강속구는 마음먹은 대로 제구가 낮게 잘되고 있었고, 슬라이더도 위력적이었다.

지난 시즌 32세이브를 올리며 리그 정상급 마무리투수로 올라선 데는 그만한 이유가 있었다.

'고난의 연속.'

잠시 후, 박건이 떠올린 생각이었다.

스티븐 스트라스버그와 멕스 슈어저, 그리고 애덤 모건까지.

박건이 상대한 세 명의 투수는 모두 리그 최정상급 투수들이었기 때문이었다.

'초구는… 직구.'

이번 수 싸움은 어렵지 않았다.

페테르 알론조와 아사메드 로사리오.

애덤 모건은 9회 초 마운드에 올라와 두 타자를 상대했다.

그 두 타자를 상대하는 과정에서 애덤 모건은 모두 초구로 직구를 던졌다.

구속이 160㎞에 육박하는 바깥쪽 직구로 스트라이크를 잡아낸 후, 결정구로 슬라이더를 선택하는 패턴이었다.

슈아악.

그런 박건의 구종 예측은 적중했다. 그렇지만 코스가 바깥쪽이 아니라 몸쪽이었다.

바깥쪽 직구가 아니라 몸쪽 직구임을 뒤늦게 알아챈 박건이 움찔하며 스윙을 도중에 멈췄다.

또, 급히 타석에서 뒤로 물러났다.

"스트라이크."

박건이 너무 깊었다고 어필하듯 황급히 타석에서 물러났지만, 주심은 스트라이크를 선언했다.

"그러다가 찍힌다."

그때 이용운이 타박했다.

"무슨 뜻입니까?"

"몸쪽으로 너무 깊었다고 어필하기 위해서 뒤로 물러났던 것 아니냐? 그런 오버액션을 자꾸 하다가는 주심에게 미운털이 박힐 수도 있다는 뜻이다."

이용운의 설명을 들은 박건이 억울한 표정을 지었다.

"오버액션을 한 게 아닙니다."

"그럼 아까 그 제스처는 뭐냐?"

"본능이었습니다."

"본능?"

"구속이 160㎞가 넘는 강속구가 몸쪽으로 바짝 붙으니까 무섭네요."

박건이 솔직하게 대답한 후 고개를 절레절레 흔들며 다시 타석에 들어섰다.

그리고 애덤 모건이 던진 2구 역시 몸쪽 직구였다.

슈아악.

몸쪽 직구를 확인한 박건이 또 한 번 움찔하며 뒤로 물러났다.

"스트라이크."

그리고 주심이 스트라이크를 선언한 순간, 박건이 눈살을 찌푸렸다.

1구째 몸쪽 직구와 2구째 몸쪽 직구는 달랐다.

애덤 모건이 구사한 1구째 몸쪽 직구는 박건의 무릎 높이로 파고들었다.

그렇지만 2구째 몸쪽 직구는 가슴 부근으로 파고들었다.

그래서 너무 높았다고 판단했음에도 주심은 스트라이크 선언을 한 것이었다.

'높게 들어오니까… 더 무섭다.'

몸쪽 공을 두려워하면 안 된다.

또 피해서도 안 된다.

머리로는 알고 있는 내용이었다.

그렇지만 막상 타석에 섰을 때 160㎞가 넘는 구속의 직구가 몸쪽으로 파고들자, 본능적으로 공포가 밀려들었다.

"후우."

박건이 한숨을 내쉰 후 타석으로 돌아왔다.

어차피 도망칠 곳은 없었기 때문이었다.

'3구째도 몸쪽 승부를 할 공산이 크다.'

박건이 몸쪽 승부에 대처하기 위해서 잔뜩 웅크리고 있을 때 애덤 모건이 와인드업을 했다.

슈아악.

3구 역시 직구.

그렇지만 이번에는 바깥쪽이었다.

바깥쪽 승부를 전혀 예측하지 못했던 박건이 애덤 모건의 손을 떠난 공이 홈플레이트를 통과하는 모습을 가만히 서서 지켜보았다.

'볼!'

주심이 빠졌다고 판단해서 볼 판정을 해주길 바랐지만, 박건의 기대는 빗나갔다.

"스트라이크아웃!"

주심이 스트라이크를 선언하며 경기는 그대로 끝이 났다.

*   *   *

7타수 무안타.

메이저리그 데뷔 후 박건이 타석에 들어선 횟수가 점점 늘어났지만, 아직 하나의 안타도 기록하지 못했다.

그로 인해 점점 초조해진 박건이 마이애미 말린스와의 3연전 첫 경기 선발 라인업을 확인하고 안도의 한숨을 내쉬었다.

자신의 이름이 선발 라인업에 포함된 것을 확인했기 때문이었다.

1승 4패.

개막 후 5경기에서 뉴욕 메츠가 거둔 성적이었다.

내셔널리그 동부 지구 공동 최하위.

그리고 뉴욕 메츠와 함께 최하위에 머물러 있는 것이 바로 3연전 상대인 마이애미 말린스였다.

시즌 개막 전, 메이저리그 전문가들은 일제히 마이애미 말린스를 내셔널리그 동부 지구 최하위 후보로 지목했다.

마이애미 말린스의 객관적인 전력이 내셔널리그 동부 지구에 속해 있는 타 팀들에 비해서 약했기 때문이었다.

그리고 현재까지는 메이저리그 전문가들의 예측이 적중했다.

마이애미 말린스는 시즌 초반부터 투타의 불협화음을 내며 최하위로 처져 있었기 때문이었다.

반면 뉴욕 메츠는 메이저리그 전문가들로부터 내셔널리그 동부 지구 우승 후보로 꼽혔다.

워싱턴 내셔널스, 그리고 애틀랜타 브레이브스와 내셔널리그 동부 지구 우승을 두고 경쟁을 펼칠 것이라 예측했지만, 뉴욕 메츠의 시즌 스타트는 좋지 않았다.

1승 4패를 기록하면서 내셔널리그 동부 지구 최하위 후보인 마이애미 말린스와 함께 순위표 가장 아래쪽에 위치해 있었으니까.

뉴욕 메츠 입장에서는 마이애미 말린스와의 3연전에서 최소 위닝시리즈 이상을 확보하며 분위기 반전이 필요한 상황이었다.

*　　　　*　　　　*

노아 신더가드 VS 샌디 알칸트라.

양 팀의 3연전 첫 경기 선발투수 매치업이었다.

샌디 알칸트라는 지난 시즌에 이어 올 시즌에도 마이애미 말린스 팀의 에이스 역할을 맡고 있는 젊은 투수였다.

12승 9패, 방어율 3.87.

지난 시즌 샌디 알칸트라가 남긴 성적이었다.

3점대 후반의 방어율은 메이저리그 팀의 에이스 역할을 맡고 있는 투수치고는 높은 편이었다.

'해볼 만해.'

샌디 알칸트라에 대해 분석을 마친 후, 박건은 해볼 만하다는 판단을 내렸다.

스티븐 스트라스버그와 멕스 슈어저, 그리고 애덤 모건까지.

박건이 메이저리그에서 상대한 투수들의 면면이었다.

비록 샌디 알칸트라가 마이애미 말린스의 1선발을 맡고 있지만, 이미 상대했던 세 명의 투수들과 비교하면 샌디 알칸트라의 성적과 이름값이 가장 떨어지는 편이라는 것은 부인할 수 없었다.

잠시 후, 박건이 고개를 돌렸다.

그런 박건의 눈에 미겔 카브레라 감독이 페테르 알론조와 대화를 나누고 있는 모습이 들어왔다.

그리고 미겔 카브레라 감독과 대화를 나누는 페테르 알론조의 표정에는 불만이 가득했다.

또, 페테르 알론조의 목소리는 더그아웃에 모여 있던 선수들에게 다 들릴 정도로 컸다.

"왜 내가 오늘 경기 선발 라인업에서 제외됐는지 납득이 가지 않습니다."

미겔 카브레라 감독에게 페테르 알론조가 불만을 쏟아내는 사이, 더그아웃에 머물러 있던 선수들이 박건을 힐끔거렸다.

페테르 알론조의 포지션 경쟁자가 박건이라는 사실을 잘 알고 있기 때문이리라.

"선수 기용은 감독의 고유 권한이야."

미겔 카브레라 감독이 페테르 알론조의 항의에 대한 답을 꺼냈다.

'내게 했던 것과 똑같은 대답이네.'

미겔 카브레라 감독은 마치 앵무새처럼 일전에 박건이 항의했을 때와 똑같은 대답을 꺼내놓았다.

그런데 왜일까?

내용은 같았지만 어투가 다르게 느껴졌다

박건에게 말할 때와 달리 페테르 알론조를 상대할 때 꺼낸 달래는 듯한 어투가 좀 더 부드럽게 느껴진달까.

'과민 반응이겠지.'

잠시 후, 박건은 자신이 과민반응을 보이는 거라 여기며 상념을 털어내기 위해 애썼다.

그렇지만 목소리를 낮춘 채 계속 밀담을 나누는 두 사람에게 자꾸 신경이 쓰이는 것은 어쩔 수 없었다.

*   *   *

1회 초 마이애미 말린스의 공격.

리드오프인 피터슨 오브라이언은 풀카운트 승부 끝에 우익수 플라이로 물러났다.

1사 주자 없는 상황에서 타석에 들어선 마틴 프로도는 노아 신더가드의 2구째 슬라이더를 공략해서 중전안타를 만들어냈다.

1사 1루.

3번 타자 브라이언 할리데이는 노아 신더가드와 9구까지 가는 긴 승부를 펼쳤다.

잇따라 파울을 생산해 내면서 노아 신더가드를 괴롭히던 브라이언 할리데이는 노아 신더가드의 9구째 커브를 공략했다.

슈악.

딱.

빗맞은 타구는 유격수 방면으로 향했다.

유격수인 아사메드 로사리오가 앞으로 전진하면서 타구를 잡아내자마자, 2루로 송구했다.

포수인 타자주자 브라이언 할리데이의 발이 느린 편이란 사실을 잘 알고 있는 아사메드 로사리오가 병살플레이를 노리고 2루 송구를 선택한 것이었다.

그렇지만 결과적으로는 과욕이었다.

히트 앤드 런 작전이 걸렸던 터라 일찌감치 스타트를 끊었던 1루 주자 마틴 프로도의 발이 베이스에 닿은 것이 송구가 도착하는 것보다 더 빨랐다고 판단한 2루심은 세이프를 선언했다.

2루수가 1루로 바로 송구했지만, 타자주자인 브라이언 할리데이는 송구가 도착하기 전 이미 1루 베이스를 통과한 후였다.

아사메드 로사리오의 욕심으로 인해 2사 2루로 바뀌어야 할 상황이 1사 1, 2루로 바뀐 순간, 노아 신더가드가 불만을 드러냈다.

아사메드 로사리오가 손을 들어 미안함을 표시했지만, 노아 신더가드는 사과를 받아주지 않고 외면했다.

'불만이 많을 거야.'

그런 노아 신더가드의 반응을 편협하다고 비난하기도 힘들었다.

홈 개막전에 선발투수로 출전했던 노아 신더가드는 1회에만 4실점을 허용하면서 결국 패전투수가 됐다.

그리고 노아 신더가드가 1회에 대량 실점을 허용했던 결정적인 계기는 유격수로 출전했던 아사메드 로사리오의 잇따른 실책과 판단 미스였다.

그런데 노아 신더가드의 올 시즌 두 번째 선발 등판 경기에서도 아사메드 로사리오는 판단 미스를 범했다.

그러니 노아 신더가드의 표정이 좋을 리 없었다.

1사 1, 2루의 실점 위기에서 노아 신더가드는 마이애미 말린스의 4번 타자 이안 카스트로를 상대했다.

슈아악.

따악.

이안 카스트로는 노아 신더가드의 초구를 공략했다.

바깥쪽 직구를 이안 카스트로가 배트 중심에 맞춘 순간, 노아 신더가드가 급히 고개를 돌렸다.

홈런을 허용했을지도 모른다고 판단하고 고개를 돌려 타구를 눈으로 쫓는 노아 신더가드의 표정은 초조했다.

그렇지만 이안 카스트로의 타구는 마지막에 뻗지 못하고 펜스 근처에서 우익수에게 잡혔다.

타다닷.

노아 신더가드가 안도의 한숨을 내쉰 순간, 깊숙한 외야플라이를 확인한 2루 주자 마틴 프로도가 태그업을 시도해서 3루에 안착했다.

2사 1, 3루에서 5번 타자 커티스 그랜더슨이 타석에 들어섰다.

2볼 2스트라이크.

투수에게 유리한 볼카운트에서 노아 신더가드가 타자의 바깥쪽으로 휘어져 나가는 슬라이더를 구사했다.

슈악.

딱.

커티스 그랜더슨이 휘두른 배트 끝부분에 걸린 타구가 살짝 떠오른 채 내야를 벗어났다.

타구의 궤적을 확인한 2루수와 중견수, 우익수가 모두 모여들었다.

그리고 2루수가 점프캐치를 시도했지만, 높이 들어 올린 글러브는 공에 미치지 못했다.

툭.

바닥에 떨어진 타구를 우익수가 잡았지만, 송구를 할 곳은 없었다.

0—1.

텍사스안타가 나온 사이 3루 주자였던 마틴 프로도가 홈으로 파고들며 마이애미 말린스가 선취점을 올리는 데 성공했다.

실점을 허용한 과정이 마음에 들지 않는 걸까.

마운드로 돌아오던 노아 신더가드가 고개를 절레절레 흔들었다.

박건이 그런 그에게 불안한 시선을 던졌지만, 노아 신더가드는 팀의 에이스답게 6번 타자 브라이언 앤더슨을 삼진으로 돌려세우며 이닝을 마무리했다.

0—1.

한 점 차가 유지된 채 경기는 3회 말로 접어들었다.

3회 말의 선두타자는 오늘 경기 8번 타순에 포진된 박건이었다.

샌디 알칸트라는 4번 타자 로빈슨 카노에게 볼넷 하나만 허용했을 뿐 아직까지 안타를 허용하지 않고 있었다.

'초구는 직구.'

박건이 수 싸움을 마친 순간, 샌디 알칸트라가 초구를 던졌다.

슈악.

그런 박건의 예상은 빗나갔다.

샌디 알칸트라가 선택한 초구의 구종은 커브였다.

부우웅.

크게 헛스윙을 한 박건이 슬쩍 눈살을 찌푸렸다.

'볼배합이 바뀌었어.'

샌디 알칸트라는 2회까지 뉴욕 메츠 타자들을 상대로 초구에 직구를 던져서 스트라이크를 잡아가는 볼배합을 가져갔다.

이것이 박건이 초구로 직구가 들어올 것이라 예상했던 이유.

그렇지만 3회 말에 접어들자마자 샌디 알칸트라는 볼배합을 바꾸었다.

'2구는……?'

박건이 수 싸움을 마치기도 전에 샌디 알칸트라가 투구 동작에 돌입했다.

'늦었어.'

타임을 요청하기도 늦었다는 사실을 깨달은 박건의 눈에 샌디 알칸트라의 손을 떠난 공이 홈플레이트로 날아드는 모습이 보였다.

'커브!'

초구와 같은 궤적임을 간파한 박건이 힘껏 스윙을 가져갔다.

'넘어가라!'

딱.

정확한 타이밍에 배트 중심에 맞췄다고 판단한 박건이 내심 기대했다.

그러나 박건의 표정은 이내 구겨졌다.

높이 떠오른 타구는 멀리 뻗지 못했다.

좌익수가 파울라인 근처로 이동해서 여유 있게 타구를 잡아내는 것을 확인한 박건이 고개를 갸웃했다.

'왜 안 뻗었지?'

*   *   *

7회 초 마이애미 말린스의 공격.

마운드는 여전히 노아 신더가드가 지키고 있었다.

슈아악.

"스트라이크아웃."

풀카운트 승부 끝에 타자의 허를 찌르는 꽉 찬 몸쪽 직구를 구사한 노아 신더가드가 7회 초의 선두타자 브라이언 앤더슨을 삼진으로 돌려세웠다.

오늘 경기 8개째 삼진.

그리고 노아 신더가드는 7번 타자 닐 워커와도 풀카운트 승부를 펼쳤다.

슈아악.

7구째, 노아 신더가드는 역시 몸쪽 직구를 구사했다. 그렇지만 닐 워커는 브라이언 앤더슨과 달랐다.

따악.

마치 예상했다는 듯 배트를 휘둘러 1, 2루 간을 꿰뚫는 깔끔한 우전안타를 만들어냈다.

1사 1루 상황에서 노아 신더가드는 8번 타자 오스틴 딘을 상대했다.

슈아악.

딱.

노아 신더가드가 던진 초구 몸쪽 직구에 오스틴 딘이 배트를 휘둘렀지만, 타구는 관중석으로 향했다.

그리고 2구째도 마찬가지였다.

슈아악.

딱.

노아 신더가드는 칠 수 있으면 쳐보란 듯이 몸쪽 직구를 구사했고, 오스틴 딘이 힘껏 배트를 휘둘렀음에도 불구하고 타구는 역시 관중석으로 향했다.

'밀린다?'

오스틴 딘의 타구가 자꾸 관중석으로 향하는 이유는 배트 스피드가 구속을 따라오지 못하기 때문이었다.

수비위치에서 노아 신더가드와 오스틴 딘이 펼치는 대결을 지켜보던 박건이 두 눈을 빛냈다.

노아 신더가드의 들썩이고 있는 등을 바라보다 보니, 마치 전의가 불타오르는 듯한 느낌을 받았기 때문이었다.

'구속이… 늘었다?'

잠시 후, 노아 신더가드를 바라보던 박건이 전광판으로 고개를 돌렸다.

그리고 97마일의 구속이 찍혀 있는 것을 확인한 박건이 놀란 표정을 지었다.

노아 신더가드의 평균 구속은 95마일.

그런데 조금 전 오스틴 딘을 상대로 구사한 직구의 구속은 97마일이 찍혀 있었다.

투구수가 100개에 육박했음에도 노아 신더가드의 직구 구속은 오히려 더 빨라져 있었다.

'전력투구.'

팽팽한 투수전이 펼쳐지고 있는 오늘 경기.

여기서 한 점을 더 허용한다면 패색이 짙어진다는 사실을 노아 신더가드는 본능적으로 알고 있었다.

그래서 노아 신더가드는 1루 주자 닐 워커에게 스코어링포지션을 허용하지 않기 위해서 오스틴 딘과의 승부에서 전력투구를 펼치는 것이었다.

슈악.

부우웅.

그런 노아 신더가드의 전력투구는 통했다.

직구 승부를 의식하고 있던 오스틴 딘은 노아 신더가드가 3구째로 구사한 커브에 헛스윙을 하며 삼진으로 물러났다.

1사 주자 1루에서 2사 주자 1루로 상황이 바뀌었다. 그리고 타석에 들어선 것은 9번 타순에 포진된 마이애미 말린스의 선발 투수 샌디 알칸트라였다.

'됐다.'

샌디 알칸트라의 통산 타율은 육 푼 오 리.

일 할에도 한참 미치지 못했다.

그래서 박건은 노아 신더가드가 2사 1루의 위기를 무사히 넘 겼다고 판단하며 안도했다.

슈악.

"스트라이크."

슈악.

"스트라이크."

샌디 알칸트라는 노아 신더가드가 구사한 초구 커브와 2구 슬라이더를 가만히 서서 지켜보았다.

타격 의사가 전혀 없는 것처럼 타석에서 우두커니 서 있는 샌 디 알칸트라를 확인한 노아 신더가드가 3구째 공을 던졌다.

슈아악.

홈플레이트 한복판으로 직구가 파고든 순간, 샌디 알칸트라가 힘껏 배트를 휘둘렀다.

따악.

묵직한 타격음이 그라운드에 울려 퍼졌다. 그리고 박건이 샌디 알칸트라의 갑작스러운 타격에 놀라서 움찔한 순간이었다.

"뭐 하고 있어? 8시 방향으로 뛰어."

이용운이 조언했다.

정확한 타이밍에 배트 중심에 걸린 샌디 알칸트라의 타구는 좌중간 코스로 향하고 있었다.

이용운의 조언을 듣고 정신을 차린 박건이 스타트를 끊었다.

그렇지만 샌디 알칸트라의 타구를 잡아내기에는 역부족이었다.

마치 자로 잰 듯 좌중간을 정확히 반으로 가른 샌디 알칸트라의 타구는 원바운드로 펜스를 직격했다.

"후배가 잡는다고 해."

좌익수 박건과 중견수 제프 맥나일이 엇비슷한 타이밍에 펜스 앞에 도착한 순간, 이용운이 다시 소리쳤다.

"내가 처리해."

그 외침을 들은 박건이 소리쳤다.

그러나 제프 맥나일은 박건의 외침을 듣지 못한 사람처럼 펜스를 맞고 퉁겨 나온 타구를 향해 거침없이 달려들었다.

충돌을 피하기 위해서 박건이 멈췄을 때, 제프 맥나일이 포구를 마치고 중계플레이를 시작했다.

유격수인 아사메드 로사리오가 제프 맥나일의 송구를 건네받아 지체하지 않고 홈으로 송구했다.

그러나 2사 후였기에 일찌감치 스타트를 끊은 1루 주자 닐 워커를 홈에서 아웃시키기에는 역부족이었다.

0─2.

추가 타점을 올리는 데 성공한 샌디 알칸트라가 2루 베이스에 도착한 후 불끈 쥔 주먹을 휘두르며 포효했다.

노아 신더가드가 그 모습을 매섭게 노려보고 있을 때, 미겔 카브레라 감독이 마운드로 걸어 올라왔다.

제6장

0—2.

마이애미 말린스의 추가득점을 만들어낸 결정적인 적시타를 터뜨린 샌디 알칸트라는 8회 말에도 마운드에 올라왔다.

피안타 하나와 볼넷 두 개만을 허용하며 무실점 호투를 펼치는 샌디 알칸트라의 투구수는 76개에 불과했다.

충분히 완봉 내지 완투를 노릴 수 있는 상황.

박건이 대기타석에서 포커페이스를 유지한 채 8회 말의 선두 타자인 아사메드 로사리오를 상대하는 샌디 알칸트라를 지켜보았다.

2타수 무안타.

8번 타순에 포진한 박건은 오늘 경기에서 두 차례 타석에 들어섰다. 그렇지만 두 타석 모두 범타로 물러났다.

첫 번째 타석에서는 외야플라이.

두 번째 타석에서는 내야땅볼.

지난 두 타석에서도 안타를 기록하지 못하면서 박건은 현재 9타수 무안타라는 최악의 성적을 거두고 있었다.

그나마 다행이라면 오늘 경기에서는 삼진을 당하지 않았다는 것 정도였다.

'이번에는 무슨 수를 써서라도 안타를 때려내야 한다.'

박건이 대기타석에서 각오를 다지고 있을 때였다.

슈악.

딱.

샌디 알칸트라의 2구째 슬라이더를 아사메드 로사리오가 받아 쳤다.

빗맞은 타구는 느린 속도로 3루 측 라인 선상을 타고 굴러갔다.

타다닷.

전력 질주를 펼친 아사메드 로사리오는 1루에서 살아남기 위해서 헤드퍼스트슬라이딩을 감행했다.

"세이프."

1루심이 세이프를 선언하면서 뉴욕 메츠는 8회 말에 무사 1루의 찬스를 잡는 데 성공했다. 그리고 무사 1루 상황에서 박건이 타석에 들어섰을 때였다.

"스윙이 너무 크다."

잠잠하던 이용운이 불쑥 말했다.

'내 스윙이 너무 크다?'

박건이 그 말을 속으로 되뇌었다.

타석에서 부진이 길어지자 자꾸 초조해졌다.

어서 메이저리그 진출 후 첫 안타를 때려내고 싶었다. 그리고 기왕이면 시티 필드에서 펼쳐지고 있는 홈경기에서 팬들에게 강한 인상을 남길 수 있는 장타로 첫 안타를 신고하고 싶었다.

그런 욕심이 생기다 보니, 부지불식간에 몸에 힘이 들어가며 스윙이 커졌던 것이었다.

'그래서 범타가 나오는 거였어.'

정타가 됐다고 생각했던 타구가 생각처럼 멀리 뻗지 못하고 외야플라이로 그친 이유가 여기에 있었다.

그때, 이용운이 덧붙였다.

"이번 승부는 누가 욕심을 먼저 버리는가에 따라서 결과가 바뀔 것이다."

*　　　　*　　　　*

"샌디 알칸트라의 표정이 변했다."

이용운이 말을 마친 순간, 박건의 시선이 샌디 알칸트라에게로 향했다.

"제가 보기엔 경기 초반과 마찬가지인 것 같은데요."

잠시 후 박건이 고개를 갸웃하며 반박한 순간, 이용운이 혀를 찼다.

"초조함이 묻어나고 있잖아."

"듣고 보니 그런 것 같기도 하고, 아닌 것 같기도 하고……."

"그리고 더그아웃 쪽을 자꾸 쳐다보는 게 샌디 알칸트라가 지금 초조해하고 있다는 증거다. 샌디 알칸트라는 완봉승을 노리고 있는 반면, 마이애미 말린스의 조 매팅리 감독은 그걸 원치 않거든."

"……?"

"조 매팅리 감독은 샌디 알칸트라의 투구수가 백 개를 넘기는 것을 원하지 않는다. 샌디 알칸트라에게 부상 이력이 있기 때문이다. 그리고 마이애미 말린스의 팀 사정상 샌디 알칸트라가 꾸준히 선발 로테이션을 지켜줘야 하는 상황인 만큼, 부상 방지 차원에서라도 투구수를 조절해 주고 싶을 거야."

샌디 알칸트라가 팔꿈치 수술 전력이 있다는 사실은 박건도 알고 있었다. 그리고 마이애미 말린스는 5선발을 모두 채우기도 힘들 정도로 선발투수가 부족했다.

그래서 올 시즌을 앞두고 한물갔다는 취급을 받고 있는 선발투수 헥터 노에사를 헐값에 영입했지만, 그의 재기 여부는 확신할 수 없었다.

또, 메이저리그 경험이 일천한 신인급 선발투수가 두 명이나 5선발에 포함되어 있을 정도였다.

이런 상황에서 선발진의 중심이라 할 수 있는 샌디 알칸트라마저 부상으로 전력에서 이탈하는 것.

마이애미 말린스 입장에서는 최악의 상황이었다.

조 매팅리 감독은 그 최악의 상황이 발생하지 않도록 만들기위해서 샌디 알칸트라의 투구수를 조절하고 싶어 하는 것이었다.

"그 사실을 샌디 알칸트라도 잘 알고 있다. 그렇지만 메이저리그 데뷔 후 첫 완봉승 기회를 놓치는 것은 샌디 알칸트라 입장에서도 너무 아쉽지."

'샌디 알칸트라가 오늘 경기에서 완봉승을 거둔다면 메이저리그 진출 후에 처음으로 기록하는 완봉승이구나.'

샌디 알칸트라에 대해서 나름 열심히 분석했지만, 박건이 미처 캐치하지 못했던 정보였다.

그리고 투수가 완봉승을 거두는 것은 의미가 컸다.

완투 능력이 있다는 것을 증명할 수 있을 뿐 아니라, 메이저리그에서 특급 투수로 올라설 수 있는 하나의 계단을 오르는 셈이기 때문이었다.

'욕심이 날 만해.'

박건이 이렇게 판단한 순간, 이용운이 이야기를 이어나갔다.

"그래서 샌디 알칸트라는 완봉승에 욕심을 낼 것이다. 그리고 그 욕심을 채우기 위해서 샌디 알칸트라는 후배와의 승부를 빠르게 가져갈 확률이 높다."

이용운이 말을 마친 순간, 박건이 고개를 끄덕였다.

'슬슬 예전으로 돌아오는 느낌이네.'

메이저리그에 진출한 후 박건만 헤매고 있었던 것이 아니었다.

이용운도 계속 헤매고 있었다.

그런데 다시 날카로운 분석을 쏟아내는 걸 보니 다시 예전의 총기를 되찾아간다는 느낌이 들었다.

"초구는 뭘 던질까요?"

"몸쪽 직구가 들어올 것이다."

이용운은 날카로운 분석과 함께 자신감도 되찾았다.

확신에 찬 목소리로 샌디 알칸트라가 초구로 몸쪽 직구를 선택할 것이라고 말했다.

그 구종 예측을 들은 후 박건이 타격 준비를 취했을 때였다.

슈악.

샌디 알칸트라의 손에서 공이 떠났다.

몸쪽이 아니라 바깥쪽.

그리고 구종은 직구가 아니라 싱커였다.

이용운의 예측이 빗나간 순간, 박건이 배트를 휘둘렀다.

따악.

경쾌한 타격음이 흘러나온 순간, 박건이 두 눈을 빛냈다.

메이저리그 진출 후 무려 열 타석 만에 처음으로 안타를 때려내는 데 성공했다는 확신이 들었기 때문이었다.

타다닷.

박건이 타구의 궤적을 눈으로 쫓으며 1루로 내달리다가 이내 멈춰 섰다.

반사적으로 점프캐치를 시도한 2루수 마틴 프로도가 높이 들어 올린 글러브 속으로 잘 맞은 타구가 빨려 들어가는 것을 확인했기 때문이었다.

엄청난 호수비.

그리고 마틴 프로도는 후속 동작도 빨랐다.

점프캐치를 성공시키자마자 1루로 송구했다.

아사메드 로사리오가 재빨리 귀루하며 슬라이딩을 했지만, 1루수의 글러브에 송구가 도착하는 것이 더 빨랐다.

"아웃."

더블아웃이 선언되면서 루상의 주자가 지워졌다.

*   *   *

슈악.

샌디 알칸트라의 손에서 오늘 경기 98구째 공이 떠난 순간, 뉴욕 메츠의 3번 타자 미구엘 콘포토가 배트를 휘둘렀다.

딱.

배트 중심에 맞지 못하고 끝부분에 걸린 미구엘 콘포토의 타구는 멀리 뻗지 못했다.

마이애미 말린스의 중견수가 원래 수비위치에서 거의 움직이지 않은 채 타구를 잡아내면서 경기가 종료됐다.

최종 스코어 0—2.

샌디 알칸트라가 생애 첫 완봉승을 완성하면서 양 팀의 3연전 첫 경기는 마이애미 말린스의 승리로 끝이 났다.

뉴욕 메츠의 패배가 확정됐음에도 박건은 쉬이 더그아웃을 떠나지 못했다.

아쉬움이 잔뜩 묻어 있는 표정으로 박건은 더그아웃에 걸터앉아 있었다.

'아쉬울 만하지.'

이용운은 박건의 심정을 이해했다.

3타수 무안타.

오늘 경기에서도 박건은 안타를 기록해 내지 못했다. 그렇지만 세 번째 마지막 타석에서 박건이 때린 타구는 안타성이었다.

'만약 그 타구가 안타가 됐다면?'

박건은 메이저리그 진출 후 첫 안타를 기록하는 것이었다. 그리고 첫 안타를 기록하고 나면 심적 부담을 덜어내며 앞으로 타석에 들어설 때 좀 더 자신감을 얻었으리라.

그렇지만 정확한 타이밍에 점프캐치를 시도한 마이애미 말린스 2루수의 호수비에 잘 맞은 타구가 잡히면서 결과적으로는 더블아웃이 됐다.

선수 박건의 입장에서도 무척 아쉬운 결과였지만, 뉴욕 메츠 팀 입장에서도 아쉽기는 마찬가지였다.

만약 박건의 타구를 2루수가 잡지 못하고 안타가 돼서 무사 1, 2루, 혹은 무사 1, 3루 상황으로 바뀌었다면?

경기의 분위기는 또 변했을 것이었다.

추격점을 올리면서 호투하는 샌디 알칸트라를 강판시켰다면, 뉴욕 메츠에게도 충분히 승산이 있었다.

마이애미 말린스는 불펜투수들이 약점으로 지적되고 있는 팀이었기 때문이었다.

'그런데… 어떻게 그렇게 잘 쳤지?'

잠시 후, 이용운이 의아함을 품었다.

"몸쪽 직구가 들어올 것이다."

이용운이 예측했던 초구의 구종이었다.

그렇지만 이용운의 구종 예측은 보기 좋게 빗나갔다.

샌디 알칸트라는 초구로 몸쪽 직구가 아니라 바깥쪽 싱커를 구사했으니까.

그럼에도 불구하고 박건은 배트 중심에 정확히 맞히는 타격을 했었고, 이용운은 그 부분에 의문을 품은 것이었다.

"혹시… 바깥쪽 싱커가 들어올 거라고 예상했던 것이냐?"

해서 이용운이 참지 못하고 질문하자, 박건에게서 대답이 돌아왔다.

"네, 예상했습니다."

"어떻게 예상했지?"

"반대라니까요."

"응?"

"일전에도 말씀드렸다시피 선배님의 구종 예측이 계속 틀리기 때문에 예측과 다른 공이 들어올 것이라고 판단했습니다. 그래서 바깥쪽 싱커가 들어올 것을 예상했습니다."

박건의 대답을 들은 이용운이 입맛을 쩝 다셨다.

마음 같아서는 반박하고 싶었지만, 그럴 수 없었다.

최근 들어 구종 예측이 계속 빗나가는 것은 부인할 수 없는 사실이었으니까.

'이거 체면이 말이 아니네.'

이용운이 한숨을 내쉰 순간, 박건이 다시 입을 뗐다.

"그래도 선배님 덕분에 좋은 타구를 만들어낼 수 있었습니다."

'그새 립 서비스를 배웠나?'

미국인들은 립 서비스에 능했다. 그래서 박건 역시 자신을 위로해 줄 요량으로 립 서비스를 한 거라고 이용운이 짐작했을 때였다.

"스윙이 너무 크다는 선배님의 충고를 듣고서 타격을 할 때 몸에서 힘을 뺐습니다. 그게 좋은 타격을 할 수 있었던 원동력이었습니다. 그리고 샌디 알칸트라가 완봉승을 의식해서 무척 초조해한다는 선배님의 분석 덕분에 바깥쪽 싱커가 들어올 거란 구종 예측을 적중시킬 수 있기도 했고요."

"아까는 내 구종 예측과 반대로 갔기 때문에 바깥쪽 싱커가 들어올 것을 정확히 예측할 수 있었다고 말하지 않았었나?"

"반반이었습니다."

"반반?"

"선배님이 샌디 알칸트라가 몸쪽 직구를 구사할 거라고 예측하셨기 때문에 일단 몸쪽 직구를 배제했습니다. 그리고 몸쪽 직구를 배제한 상황에서 샌디 알칸트라가 어떤 구종의 공을 구사할까에 대해서 고민해 봤습니다. 그때 선배님이 샌디 알칸트라가 완봉승을 의식하고 있기 때문에 무척 초조한 심리 상태라고 분석하셨던 것이 떠올랐습니다. 샌디 알칸트라는 완봉승을 의식하고 있기 때문에 투구수를 최소한으로 줄이고, 진루타를 허용하고 싶지 않아 할 거라고 생각했습니다. 그런 샌디 알칸트라 입장에서 최선은 제게 내야땅볼을 유도해서 병살플레이를 완성하는 것일 터. 그래서 샌디 알칸트라가 내야땅볼을 유도하기 위해서 바깥쪽 싱커를 구사할 것이라고 예측했던 겁니다."

'반반이라……'

박건이 길었던 설명을 마친 순간, 이용운이 반반이란 표현을 속으로 되뇌었다.

박건이 조금 전에 입 밖으로 꺼냈던 반반이란 표현이 정확하
단 생각이 들었다. 그리고 이용운이 퍼뜩 떠올린 것은… 내부 요
인과 외부 요인이었다.

그동안 이용운이 구종 예측을 해왔던 방식은 내부 요인과 외
부 요인을 결합하는 것이었다.

여기서 내부 요인이라 함은 박건의 상태를 의미했다.

박건의 타격 메커니즘에서 어떤 문제가 발생하거나 특정 구종
에 약점을 노출할 경우, 상대 팀은 그 문제와 약점을 공략하려
들 터.

이 지점에서 중요한 것이 외부 요인이었다.

박건을 상대하는 투수의 성격과 던질 수 있는 구종 수, 그리
고 감독의 성향 등이 외부 요인에 속했다.

조금 전, 이용운이 샌디 알칸트라가 박건과의 승부에서 몸쪽
직구를 구사할 것이라고 판단했던 것도 내부 요인과 외부 요인
을 고려해서 했던 예측이었다.

갓 메이저리거가 된 박건은 아직까지 타석에 들어선 횟수가
많지 않은 만큼 표본이 많지 않은 편이었다. 그래서 마이애미 말
린스 분석 팀은 박건과 애덤 모건이 펼쳤던 투타 대결을 눈여겨
봤을 가능성이 높았다.

당시 박건은 애덤 모건의 몸쪽 직구에 배트도 내밀어보지 못
했었다.

KBO 리그에서 경험해 본 적 없는 160㎞에 육박하는 빠른 몸
쪽 직구에 본능적으로 공포심을 느꼈기 때문에 스윙은커녕 뒤로
물러나기 급급했었다.

마이애미 말린스 분석 팀은 이런 박건의 모습을 약점이라 판단하고 샌디 알칸트라에게 전달했을 터.

그리고 샌디 알칸트라 역시 150㎞대 중후반의 강속구를 던질 수 있는 투수였다.

해서 샌디 알칸트라가 박건의 약점인 몸쪽 직구를 구사할 거라 예측했는데.

그런 이용운의 예측은 완전히 빗나갔던 셈이었다.

'내부 요인과 외부 요인을 결합하는 과정에서 자꾸 오류가 발생해.'

이용운이 분석한 구종 예측이 자꾸 빗나가는 이유였다. 그리고 지금 이용운에게 필요한 것은 시간이었다.

'비록 임기응변이긴 하지만, 지금 시스템대로 가는 것도 나쁘지 않다?'

잠시 후, 이용운이 내린 결론이었다.

내부 요인을 분석하는 것은 KBO 리그 때와 마찬가지였다.

그러니 딱히 달라질 것도 없었고, 정확하게 분석할 자신도 있었다.

그렇지만 구종 예측이 자꾸 빗나가는 만큼, 박건이 자신이 예측했던 구종을 배제하면서 나름의 방식으로 구종 예측을 적중시키는 방법도 나쁘지 않다는 생각이 든 것이었다.

그때였다.

"결과적으로는 샌디 알칸트라가 원하던 대로 됐네요. 제가 초구를 공략해서 때린 타구가 더블아웃이 되면서 샌디 알칸트라는 위기를 넘기며 투구수도 줄인 덕분에 바라던 대로 완봉승을 거뒀으니까요."

"……."

"또 뉴욕 메츠는 지구 최하위로 떨어졌습니다."

박건이 한숨을 쉬며 자책했다.

그 이야기를 들은 이용운이 표정을 굳혔다.

엄밀히 말하면 뉴욕 메츠가 마이애미 말린스와의 3연전 첫 경기에서 패하면서 지구 최하위로 추락한 것이 박건의 탓만은 아니었다.

박건이 타석에서 부진한 모습을 보였던 것은 부인할 수 없는 사실이었지만, 뉴욕 메츠의 지구 최하위 추락에는 다른 요인들도 많았다.

박건만이 아니라 뉴욕 메츠의 다른 타자들도 지구 최하위로 추락하는 과정에서 부진했던 것은 마찬가지였다.

또, 수비에서 실책이 자주 나오면서 주지 않아도 될 실점을 자꾸 허용한 것도 패배의 원인이었다.

그럼에도 불구하고 이용운이 우려하는 것.

바로 대중들의 습성이었다.

지구 우승을 다툴 것이라 예상했던 뉴욕 메츠가 시즌 출발부터 부진하면서 리그 최하위로 추락한 상황이 되면, 팬들은 분노하기 마련이었다. 그리고 분노한 팬들이 원하는 것은… 희생양이다.

강팀이었던 뉴욕 메츠가 갑자기 약체가 된 원인을 찾아서 희생양으로 삼으려 한다는 뜻이었다. 그리고 이용운이 가장 우려하는 것은 뉴욕 메츠 팬들이 박건을 그 희생양으로 삼는 것이었다.

'뉴욕 메츠가 계속 부진하면 곤란한데.'

이용운의 고심이 깊어졌다.

*   *   *

제이콥 디그롬 VS 네이션 불러.

뉴욕 메츠와 마이애미 말린스의 3연전 2차전 선발투수 매치업이었다.

제이콥 디그롬은 노아 신더가드와 함께 뉴욕 메츠의 선발진을 이끌고 있는 에이스 투수.

반면 네이션 불러는 올 시즌이 풀타임 선발 첫 시즌인 신예급 투수였다.

LA 다저스 구단 팜시스템 출신 선수로 트리플 A에서 빼어난 활약을 펼쳤지만, 메이저리그 경험은 일천한 편이었다.

마이애미 말린스는 지난 시즌 후반기에 월드시리즈 우승을 위해서 전력 보강을 노리고 있던 LA 다저스와 트레이드를 통해서 네이션 불러를 영입했다.

팀의 베테랑 외야수인 닉 블라이스를 내주고, 유망주인 네이션 불러와 클라우디손 하퍼를 영입했던 것이었다. 그리고 마이애미 말린스는 네이션 불러를 영입하자마자, 바로 선발투수로 활용했다.

후반기 잔여 경기들 중 5경기에 선발투수로 출전했던 네이션 불러가 기록한 성적은 1승 1패, 방어율 4.27.

눈에 띄는 성적은 아니었다.

그럼에도 불구하고 마이애미 말린스는 네이션 불러를 올 시즌 팀의 2선발로 낙점했다. 그리고 전문가들은 메이저리그 경험이 일천한 네이션 불러에게 팀의 2선발이라는 막중한 임무를 맡기는 것을 마이애미 말린스의 전력이 약하다는 증거로 지목했다.

*   *   *

0─0.

선발투수들의 맞대결에서 제이콥 디그롬에게 무게 추가 기울어진다는 전문가들의 예측은 빗나갔다.

우완 정통파 투수인 네이션 불러는 제구가 완벽한 150㎞대 후반의 강속구와 타자들의 타이밍을 빼앗는 커브와 포크볼을 앞세워 호투를 펼쳤다.

선발 맞대결을 펼치고 있는 제이콥 디그롬과 비교하더라도 전혀 손색이 없는 투구.

그리고 어제 경기에 이어 오늘 경기에서도 8번 좌익수로 선발 출전한 박건이 5회 말 두 번째 타석을 앞두고 대기타석으로 들어섰다.

3회 말에 네이션 불러와 첫 대결을 펼쳤던 박건은 외야플라이로 물러났다.

그렇지만 타구의 질은 나쁘지 않았다.

네이션 불러의 커브를 제대로 받아 친 타구는 배트 중심에 맞았다. 그렇지만 운이 없게도 외야수 정면으로 날아가며 아쉽게 외야플라이로 물러났던 것이었다.

슈아악.

딱.

5회 말의 선두타자인 아사메드 로사리오는 네이션 불러의 몸쪽 직구에 배트가 밀리면서 내야플라이로 물러났다.

1사 주자 없는 상황에서 박건이 타석으로 들어섰을 때였다.

"초구는 바깥쪽 커브를 구사할 것이다."

이용운이 구종 예측을 했다.

'일단… 바깥쪽 커브를 배제하자.'

박건이 속으로 생각하며 네이션 불러를 살폈다.

아직 신인급 투수이기 때문일까.

네이션 불러는 포커페이스와는 거리가 멀었다.

상기된 표정으로 마운드에 위에 서 있었다.

'지금 본인의 투구가 무척 마음에 드는 거야.'

박건이 네이션 불러의 상기된 표정을 통해 유추한 생각이었다.

지난 시즌 사이영상 후보였던 제이콥 디그롬을 상대로 전혀 손색없는 투구를 펼치며 팽팽한 투수전을 이어나가는 상황.

게다가 네이션 불러의 구위가 워낙 좋은 터라 뉴욕 메츠 타자들은 제대로 공략을 하지 못하고 있었다.

안타 두 개를 허용하긴 했지만, 하나는 빗맞은 내야안타였고 나머지 하나는 텍사스안타였다.

비록 야수 정면으로 향하면서 외야플라이로 끝나긴 했지만, 3회 말에 박건이 때려냈던 타구가 오늘 경기 뉴욕 메츠 타자들이 네이션 불러를 상대로 때려낸 타구 중 가장 잘 맞은 타구였을 정도였다.

'자신의 공을 정타로 만들지 못한다는 확신이 있다.'

거기까지 생각이 미친 순간, 박건이 두 눈을 빛냈다.

네이션 불러가 초구로 던질 구종이 예측됐기 때문이었다.

슈아악.

잠시 후, 네이션 불러의 손에서 공이 떠났다. 그리고 바깥쪽 직구가 들어온 순간, 박건이 힘껏 배트를 돌렸다.

따악.

경쾌한 타격음과 함께 타구는 3루 측 라인 선상을 타고 총알같이 날아갔다.

'최소 2루타.'

바운드를 일으키면서 빠르게 내야를 빠져나간 타구가 선상을 타고 외야로 빠져나갈 테니 장타라고 박건이 판단한 것이었다.

그러나 3루수인 닐 워커의 반응은 기민했다.

3루 측 라인 선상에 바싹 붙으며 글러브를 쭉 내밀었다.

툭.

닐 워커가 쭉 뻗은 글러브 끝부분을 맞은 타구가 바닥에 떨어졌다. 그렇지만 닐 워커는 당황하지 않고 다시 공을 잡아서 1루로 송구했다.

타다닷.

전력 질주 한 박건의 발이 닐 워커의 송구가 1루수가 내밀고 있던 글러브에 도착하는 것보다 간발의 차로 빨랐다.

"세이프."

1루심이 세이프를 선언한 순간, 박건이 일단 안도의 한숨을 내쉬었다.

"메이저리그 진출 후 내가 기록한 첫 안타는… 내야안타구나."

기왕이면 메이저리그 진출 후 첫 안타를 장타로 기록하고 싶었다. 그래서 잠시 아쉬운 마음이 들었지만, 박건은 이내 그 아쉬움을 애써 털어냈다.

이번 내야안타를 통해 11타수 무안타라는 긴 부진의 터널을 빠져나올 수 있는 계기를 마련했다는 것에 만족하기로 했기 때문이었다.

그때였다.

"첫 안타가 장타가 아니라는 점이 아쉽지?"

이용운이 물었다.

"조금 아쉽긴 합니다."

박건이 솔직히 대답하자, 이용운이 말했다.

"아쉬워할 필요 없다."

"네, 저도 아쉬워하지 않으려고……."

"실책으로 기록됐으니까."

'실책… 이라고?'

조금 전 박건이 때려냈던 타구.

정확한 타이밍에 배트 중심에 걸렸기에 총알처럼 빨랐다.

마이애미 말린스의 3루수인 닐 워커가 글러브로 타구를 막아내서 외야로 빠져나가는 장타를 만들지 않은 것만도 대단한 호수비였다.

그런데 이용운의 말처럼 공식기록은 3루수 실책으로 기록되어 있었다.

그 공식기록을 확인한 박건이 황당한 표정을 짓고 있을 때, 이용운이 말했다.

"후배의 메이저리그 첫 안타가 아쉽게 날아갔구나."

*   *   *

0—0.

0의 균형이 깨지지 않은 채 경기는 8회에 접어들었다.

8회 초 마이애미 말린스의 공격.

여전히 마운드를 지키고 있던 선발투수 제이콥 디그롬은 삼진과 외야플라이를 유도해 내며 손쉽게 두 개의 아웃카운트를 올렸다.

그러나 6번 타자 브라이언 앤더슨을 상대로 갑작스레 제구 난조를 보이며 스트레이트볼넷을 허용했다. 그리고 2사 1루 상황에서 타석에 들어선 7번 타자 닐 워커와의 대결에서도 제구에 어려움을 겪었다.

3볼 1스트라이크.

슈악.

제이콥 디그롬은 불리한 볼카운트에서 스트라이크를 꽂아 넣기 위해서 슬라이더를 던졌다. 그렇지만 살짝 가운데로 몰린 실투를 닐 워커는 놓치지 않았다.

따악.

잘 맞은 타구는 중전안타가 됐다.

2사 1, 2루의 득점 찬스가 찾아온 순간, 마이애미 말린스의 조 매팅리 감독은 대타를 기용했다.

8번 타자 오스틴 딘을 대신해서 대타자 제임스 블랙먼이 타석에 들어섰다.

슈아악.

제이콥 디그롬은 제임스 블랙먼을 상대로 초구로 바깥쪽 직구를 선택했다.

바깥쪽 낮은 코스의 스트라이크존에 살짝 걸친 공이었지만, 주심은 스트라이크를 선언하지 않았다.

"볼."

그리고 주심이 바깥쪽 직구를 볼로 판정한 순간, 제이콥 디그롬이 동요했다.

모자를 벗고 고개를 절레절레 흔들며 주심의 볼 판정에 항의의 뜻을 드러내던 제이콥 디그롬이 다시 모자를 푹 눌러썼을 때였다.

"집중해라."

이용운이 말했다.

"제임스 블랙먼은 제이콥 디그롬의 2구를 공략할 가능성이 높다. 제이콥 디그롬은 어떻게든 스트라이크를 넣으려 할 테니까."

"충분히 집중하고 있습니다."

박건이 대답했지만, 이용운은 마뜩잖은 목소리로 다시 말했다.

"어제 경기와 같은 실수를 반복하지 마라."

'어제 경기의 실수라면……?'

박건이 입술을 지그시 깨물었다.

팽팽한 투수전이 펼쳐지던 가운데 노아 신더가드는 타석에 들어선 상대 투수 샌디 알칸트라에게 장타를 허용했었다.

일찌감치 1루 주자가 스타트를 끊은 상황.

이용운은 박건에게 펜스플레이를 하라고 지시했다.

중견수 제프 맥나일보다 어깨가 강한 박건이 타구를 처리해 중계플레이를 펼쳐야만 1루 주자를 홈에서 아웃시킬 수 있다고 판단했기 때문이었다.

그렇지만 결과적으로 좌익수 박건이 아닌 중견수 제프 맥나일이 펜스플레이를 하며 타구를 처리했다.

"내가 처리해."

박건이 직접 타구를 처리하겠다는 의사를 밝혔지만, 제프 맥나일이 무시하고 직접 타구를 처리했기 때문이었다.

그렇지만 제프 맥나일을 탓할 수는 없었다.

굳이 잘잘못을 따지자면 박건의 잘못이 더 컸다.

영어가 아니라 한국어로 소리쳤으니까.

당연히 제프 맥나일은 박건이 외친 말의 의미를 알아듣지 못했고 직접 펜스플레이를 펼치며 타구를 처리했던 것이었다.

그리고 이용운이 지적한 부분이 바로 이것이었다.

'앞으로는 실수하지 말자.'

박건이 막 각오를 다졌을 때였다.

슈아악.

따악.

이용운의 예상이 적중했다.

제이콥 디그롬이 스트라이크를 넣기 위해서 구사한 직구는 가운데로 몰렸고, 제임스 블랙먼은 놓치지 않고 받아 쳤다.

좌중간 코스로 향하는 타구를 박건이 쫓기 시작했다.

"8시 방향, 못 잡아."

이용운은 타구를 잡아내지 못한다고 확신에 찬 목소리로 말했다.

8시 방향으로 달리기 시작한 박건은 타구의 궤적을 눈으로 쫓지 않았다.

대신 중견수 제프 맥나일의 움직임을 눈으로 쫓았다.

어제 경기와 엇비슷한 상황.

달라진 점은 박건이 한국어가 아니라 영어로 소리쳤다는 것이었다.

"내가 처리해."

그 외침을 들은 제프 맥나일이 흠칫한 사이, 박건이 거침없이 타구를 처리하기 위해서 다가갔다.

툭.

펜스를 맞고 바닥에 떨어진 공을 향해 박건이 손을 뻗을 때, 이용운이 소리쳤다.

"서둘러."

2루 주자가 홈으로 들어오는 것을 막는 것은 불가능했다. 그렇지만 1루 주자마저 홈으로 들어오는 것은 막고 싶었다.

공을 집어 든 박건이 유격수인 아사메드 로사리오에게 송구했다.

낮고 빠른 송구가 아사메드 로사리오에게 정확하게 도착했다. 그리고 아사메드 로사리오는 1루 주자가 3루를 통과해 홈으로 파고드는 것을 확인하고 지체 없이 홈으로 송구했다.

"아웃."

주심이 아웃을 선언한 순간, 박건이 주먹을 불끈 움켜쥐었다.

'잡았다.'

공교롭게도 1루 주자는 어제 경기와 마찬가지로 닐 워커였다.

어제 경기에서 1루 주자 닐 워커는 샌디 알칸트라가 2루타를 기록했을 때, 여유 있게 홈으로 파고들었다.

그러나 오늘 경기에서는 비슷한 상황에서 홈으로 파고들다가 아웃이 됐다.

그리고 홈승부는 접전이 아니었다.

포수인 후안 레이예스가 미리 송구를 받아서 길목을 차단한 채 기다리고 있었던 탓에 닐 워커는 슬라이딩조차 시도해 보지 못하고 아웃당했다.

0—1.

팽팽하던 0의 균형이 깨졌다.

그렇지만 경기 후반 2실점을 허용하는 것과 1실점을 허용한 것은 큰 차이였다.

그리고 8회 말 뉴욕 메츠의 공격이 시작됐다.

*   *   *

슈아악.

딱.

1사 주자 없는 상황에서 타석에 들어선 아사메드 로사리오는 네이션 불러의 몸쪽 직구를 받아 쳤다.

배트 중심이 아닌 손잡이 부근에 맞은 빗맞은 타구는 느리게 3루수 방향으로 굴러갔다.

글러브로 포구해서 송구하면 늦다고 판단한 3루수 닐 워커는 앞으로 전진하면서 맨손으로 타구를 잡자마자 1루로 송구했다.

아웃 타이밍.

그러나 송구의 방향이 우측으로 빗나갔다.

1루수 이안 카스트로가 가까스로 송구를 잡아내는 데 성공했지만, 그 과정에서 1루 베이스에서 발이 떨어졌다.

"세이프."

이안 카스트로의 발이 1루 베이스에서 떨어진 것을 놓치지 않은 1루심이 세이프를 선언하면서 1사 1루로 상황이 바뀌었다.

내야안타.

아사메드 로사리오의 타구가 내야안타로 기록된 것을 확인한 박건이 억울한 표정을 지었다.

두 번째 타석에서 자신이 때려냈던 타구가 내야안타로 기록되지 않고 3루수 실책으로 기록됐던 것이 억울해서였다.

그러나 박건은 고개를 흔들어 상념을 털어내기 위해 애썼다.

지난 두 타석에서 네이션 불러를 상대한 박건은 비록 안타를 기록하지 못했지만 모두 정타를 만들어냈었다.

네이션 불러를 공략할 수 있다는 자신감이 있었다.

'이번에야말로 첫 안타를 기록한다.'

오늘 경기에서 마지막 타석이 될 확률이 높은 상황임을 알고 있는 박건이 비장한 표정으로 타석에 들어섰다.

"바깥쪽 직구가 들어올 것이다."

이용운의 구종 예측.

어김없이 이번에도 빗나갔다.

슈악.

네이션 불러가 박건을 상대로 선택한 초구는 바깥쪽 슬라이더였다. 그러나 스트라이크존을 한참 벗어났기에 박건은 유인구에 속지 않고 참아냈다.

'날… 신경 쓴다?'

네이션 불러가 초구로 유인구를 선택한 것을 확인한 박건이 떠올린 생각이었다.

지난 두 타석에서 박건이 모두 배트 중심에 잘 맞은 정타를 만들어냈다는 사실을 기억하고 있기 때문에 네이션 불러도 조심스럽게 승부하는 것이었다.

"이번에는 몸쪽 직구 승부를 할 것이다."

'바깥쪽 슬라이더.'

몸쪽 직구를 배제한 박건이 한 구종 예측이었다.

슈악.

그리고 이번에도 박건의 구종 예측이 적중했다.

네이션 불러는 초구에 이어 2구도 바깥쪽 슬라이더를 던졌다.

차이점은 2구째 슬라이더는 초구 슬라이더와 달리 스트라이크존을 크게 벗어나지 않았다는 점이었다.

따악.

박건이 힘껏 배트를 휘둘렀다.

정확한 타이밍에 배트에 걸린 타구는 좌중간 코스로 날아갔다.

'갈랐다.'

타구의 궤적을 눈으로 쫓던 박건이 1루를 향해 내달렸다.

타다닷.

'1루 주자가 홈으로 들어올 수 있지 않을까?'

비록 1사 후였지만, 경쾌한 타격음과 좌중간 코스로 날아가는 타구의 궤적을 확인한 아사메드 로사리오의 스타트는 빨랐다.

또, 아사메드 로사리오는 발이 빠른 편이었다.

'첫 안타와 함께 첫 타점도 기록하는 건가?'

박건이 기대에 부푼 채 1루 베이스를 통과하며 다시 타구의 궤적을 확인했을 때였다.

쐐애액.

마이애미 말린스의 중견수인 커티스 그랜더슨이 맹렬히 타구를 쫓아가서 슬라이딩캐치를 시도했다.

'설마?'

잠시 후, 박건의 눈에 슬라이딩캐치를 시도한 커티스 그랜더슨의 글러브 속으로 타구가 빨려 들어가는 모습이 들어왔다.

'잡혔다?'

또 한 번 호수비가 나오면서 박건의 메이저리그 첫 안타는 물론이고 첫 타점도 허공에 날아갔다.

그로 인해 박건이 허탈한 마음을 감추지 못하고 있을 때, 1루 주자였던 아사메드 로사리오가 급히 귀루하기 시작했다.

　이미 통과했던 2루 베이스를 다시 밟고 1루로 귀루하려고 했지만, 커티스 그랜더슨의 송구가 대기하고 있던 1루수에게 도착하는 것이 훨씬 더 빨랐다.

　"아웃."

　박건의 잘 맞은 타구가 더블아웃으로 연결되면서 뉴욕 메츠의 추격 찬스는 무산됐다.

제7장

최종 스코어 0-1.

팽팽한 투수전이 펼쳐졌던 양 팀의 3연전 2차전 승자는 마이애미 말린스였다.

연패에 빠진 뉴욕 메츠의 시즌 초반 성적은 1승 6패.

내셔널리그 동부 지구 4위인 마이애미 말린스에도 2게임 차로 벌어지며 최하위를 기록하고 있었다.

그래서일까.

루징시리즈가 확정된 후 기자회견장의 분위기는 무척 냉랭했다.

"현재 뉴욕 메츠가 기록하고 있는 1승 6패라는 초반 성적, 개막 7연패를 기록했던 1964년 이후 최악의 스타트라는 사실을 알고 있습니까?"

"그것까진 몰랐습니다. 다만 시즌 스타트가 좋지 않다는 점은 나도 알고 있습니다."

미겔 카브레라 감독의 대답이 끝나기 무섭게 다음 질문이 이어졌다.

"뉴욕 메츠가 시즌 초반 부진한 성적을 거두고 있는 이유가 혹시 시즌 준비가 부족했기 때문 아닙니까?"

"예년과 다름없이 스프링캠프를 거쳤습니다. 스프링캠프 과정에서 큰 차이가 있거나 어떤 문제가……."

미겔 카브레라 감독이 시즌 준비 과정에서 문제가 없었다고 대답하려 했지만, 그는 말을 끝맺지 못했다.

기자가 대답 도중에 말을 자르며 끼어들었기 때문이었다.

"제가 지적했던 시즌 준비 부족은 훈련량이나 선수들의 몸 상태에 대한 부분이 아닙니다. 오프시즌에 전력 보강이 부족했던 게 아니냐고 물은 겁니다."

미겔 카브레라 감독이 고개를 끄덕이며 대답했다.

"올 시즌을 앞두고 전력 보강이 부족했던 것은… 부인할 수 없는 사실입니다."

기자석 가장 뒤편, 팔짱을 낀 채 앉아 있던 뉴욕 포스트의 바비 브라운이 흐릿한 미소를 머금었다.

"잭 니퍼트 단장의 혈압이 올라가는 소리가 벌써 들리는군."

기자의 질문을 받은 미겔 카브레라 감독은 순순히 올 시즌을 앞두고 뉴욕 메츠의 전력 보강이 부족했다는 것을 인정했다. 그리고 팀의 전력 보강을 진두지휘하는 것은 뉴욕 메츠의 단장인 잭 니퍼트였다.

즉, 미겔 카브레라 감독의 방금 발언은 잭 니퍼트 단장을 저격한 셈이었다.

잭 니퍼트 단장이 오늘 기자회견에서 미겔 카브레라 감독의 발언을 확인하고 나면, 분명히 대노할 것이라고 바비 브라운이 판단했을 때였다.

"오프시즌 뉴욕 메츠의 전력 보강 상황을 살펴보면, KBO 리그에서 활약하던 박건 선수를 포스팅 시스템을 통해서 영입한 것이 가장 눈에 띕니다. 혹시 그 영입은 팀 저지를 팔기 위한 선택이었습니까?"

또 다른 기자가 질문을 던졌다.

그 질문을 들은 바비 브라운이 팔짱을 풀었다.

"예상했던 방향으로 진행되고 있네."

1승 6패.

내셔널리그 동부 지구 우승 후보였던 뉴욕 메츠의 부진한 시즌 출발에 뉴욕 메츠 팬들은 분노하고 있었다.

특히 유력한 꼴찌 후보였던 마이애미 말린스와의 두 차례 맞대결에서 단 한 점도 뽑아내지 못하고 무기력하게 패배했던 것은 뉴욕 메츠 팬들은 더욱 분노케 만들었다.

들끓고 있는 팬심을 가라앉히기 위해서는 희생양이 필요했다. 그리고 기자들이 찾아낸 희생양은 올 시즌을 앞두고 포스팅 시스템을 통해서 뉴욕 메츠에 새롭게 합류한 한국인 선수 박건이었다.

"제가 알아본 바로는 저지가 많이 팔리지도 않았습니다."

미겔 카브레라 감독이 대답을 마치자, 기자회견장 곳곳에서 웃음이 터져 나왔다. 그리고 미겔 카브레라 감독과 시선이 마주친 순간, 바비 브라운이 일어섰다.

"박건 선수의 저지가 많이 팔리지 않은 것은 당연한 결과입니다. 제가 알아본 바로 박건 선수는 KBO 리그에서 활약할 당시에도 톱스타가 아니었으니까요. 한 시즌 반짝 활약했던 것이 전부라서 팬층이 두텁지 않았습니다. 그러니 박건 선수의 저지가 잘 팔릴 리가 없죠. 즉, 잭 니퍼트 단장이 마케팅을 위해서 박건 선수를 영입한 것은 아니다. 이게 제가 KBO 리그에서 활약했던 박건 선수에 대한 조사를 마친 후에 내렸던 결론입니다."

잠시 말을 멈추고 뜸을 들인 후, 바비 브라운이 질문을 이어 나갔다.

"그래서 드리고 싶은 질문이 있습니다. 오프시즌에 박건 선수를 영입한 이유가 대체 무엇입니까?"

"그건……."

미겔 카브레라 감독이 대답하기 위해 마이크에 입을 갖다 댔지만, 바비 브라운은 그가 발언할 기회를 주지 않았다.

"이건 감독님께서 대답할 사안이 아닌 것 같습니다. 포스팅 금액 301만 달러에 연봉 70만 달러, 총액 371만 달러라는 거액을 주고 마케팅 효과도 없는 데다가 메이저리그에 한참 미치지 못하는 실력을 가진 박건이란 선수의 영입을 진두지휘했던 잭 니퍼트 단장님이 대답하셔야 할 사안이죠."

미겔 카브레라 감독과 의미심장한 시선을 교환한 후, 바비 브라운이 덧붙였다.

"대체 왜 박건이란 형편없는 선수를 거액을 지불하고 영입했는지 그 이유를 잭 니퍼트 단장님께 감독님이 대신 물어봐 주십시오."

*   *   *

'불운.'

마이애미 말린스와의 3연전 중 1차전과 2차전에서 모두 패하고 난 후 박건이 떠올린 단어였다.

워싱턴 내셔널스와의 개막 2연전에서 스티븐 스트라스버그와 멕스 슈어저를 상대했을 때와는 달랐다.

당시 박건은 두 명의 메이저리그 최정상급 투수에게 변명의 여지가 없을 정도로 완벽하게 당했었다.

그렇지만 마이애미 말린스와의 맞대결에서 샌디 알칸트라와 네이선 불러를 상대했을 때는 당시에 비해서 훨씬 나았다.

일단 삼진을 당하는 횟수가 줄었다.

또, 정확한 타이밍에 배트 중심에 맞힌 정타들이 늘어났다.

아쉽게 야수 정면으로 향했던 타구나 상대 팀 선수들의 호수비가 아니었다면 박건은 최소 2개 이상의 안타를 이미 기록했을 것이었다.

그렇지만 박건은 여전히 메이저리그 무대에 데뷔한 후 단 하나의 안타도 기록하지 못한 상태였다.

그러니 불운이란 표현이 가장 잘 어울리는 상황이었다.

그나마 위안거리는 박건의 타격감이 서서히 올라오고 있다는 것이었다.

"오늘 경기는 다를 거야."

뉴욕 메츠 VS 마이애미 말린스.

양 팀의 3연전 마지막 경기에 마이애미 말린스가 선발투수로 내세운 것은 헥터 노에사였다.

헥터 노에사는 전성기가 지났다고 평가받는 선수.

160㎞에 육박하는 강속구를 앞세워 한때 사이영상까지 수상했던 헥터 노에사는 부상 이후 직구 구속이 느려졌다.

현재 헥터 노에사의 직구 평균 구속은 145㎞.

전성기에 비해서 10㎞ 이상 직구 구속이 저하된 상태였다.

오프시즌에 마이애미 말린스에 합류했지만, 마이애미 말린스 소속으로 처음 선발투수로 출전했던 경기에서 헥터 노에사는 부진한 투구를 펼쳤다.

4과 1/3이닝 5실점.

5이닝도 채우지 못하고 교체됐다.

스티븐 스트라스버그나 멕스 슈어저 같은 메이저리그 특급 투수들과 비교하면 분명 수준 차이가 나는 투수.

게다가 박건의 타격감이 올라오고 있는 상황인 만큼, 헥터 노에사를 상대로 안타를 빼앗아낼 자신이 있었다.

그때였다.

"그래. 많이 다를 것이다."

이용운도 박건의 의견에 동조했다.

"제가 헥터 노에사를 상대로 메이저리그 데뷔 후 첫 안타를 때려낼 수 있을 거란 말씀이시죠?"

박건이 상기된 목소리로 묻자, 이용운에게서 대답이 돌아왔다.

"그건 어렵다. 아니, 불가능하다고 표현하는 게 맞겠군."

*　　　　*　　　　*

'상황이… 별로 안 좋아.'

이용운의 근심이 깊어졌다.

'시작부터 꼬였어.'

포스팅 시스템을 거친 박건의 소속 팀이 뉴욕 메츠로 결정된 순간부터 이용운은 불안함을 느꼈다.

그리고 기우가 아니었다.

뉴욕 메츠 소속 선수로 메이저리그에 데뷔한 박건을 둘러싼 상황은 결코 좋지 않았다.

아니, 최악의 상황으로 흘러가고 있다고 해도 과언이 아니었다.

'내 짐작대로 희생양을 찾기 시작했어.'

어제 경기를 마친 후, 미겔 카브레라 감독이 기자회견장에서 패장 인터뷰를 했던 내용을 이용운은 이미 확인했다.

이용운의 우려대로 기자들은 전문가들의 예상과 달리 내셔널 리그 동부 지구 최하위로 추락한 뉴욕 메츠의 성적 부진을 설명하기 위한 희생양을 찾기 시작했다. 그리고 기자들이 희생양으로 지목한 것은… 박건이었다.

기자들에게는 여론의 향방을 좌지우지할 수 있는 파워가 있었다.

그들이 박건을 희생양으로 삼고 집중 공격을 퍼붓기 시작한다면?

박건은 더욱 궁지에 몰리게 될 것이 눈에 불 보듯 뻔했다.

물론 박건이 메이저리그에 데뷔 후 좋을 활약을 펼쳤다면, 이런 일이 발생하지 않았을 것이었다.

그러나 지금의 상황을 오롯이 박건의 잘못으로 돌릴 수는 없었다.

새로운 리그에 적응하기 위해서는 시간이 필요했기 때문이었다.

또, 박건이 타석에서 부진한 데는 잘 맞은 타구가 야수 정면으로 향하거나 호수비에 걸리는 등의 불운도 작용했기 때문이었다.

'희생양으로 삼기에 딱 좋은 제물.'

현재 박건이 처해 있는 상황이었다.

그리고 현재 박건에게 필요한 것은 조력자였다.

'미겔 카브레라 감독이 도와주는 것이 최상이긴 한데.'

이용운이 긴 한숨을 내쉬었다.

"아직 시즌 초반일 뿐입니다. 그리고 박건 선수에게 메이저리그는 낯선 무대입니다. 오랫동안 KBO 리그에서 뛰었던 박건 선수에게는 낯설고 리그의 수준이 다른 메이저리그에 적응할 시간이 필요합니다. 이미 박건 선수는 우리 뉴욕 메츠 팀의 일원입니다. 저는 감독으로서 박건 선수가 새로운 리그에 적응할 수 있도록 계속 도움을 줄 계획입니다."

이용운이 바랐던 모범 답안이었다.

그렇지만 미겔 카브레라 감독은 인터뷰 중에 박건의 적응을 돕겠다는 이야기는 일절 꺼내지 않았다.

"제가 알아본 바로는 저지도 많이 팔리지는 않았습니다."

메이저리그 적응에 어려움을 겪고 있는 박건을 감싸기는커녕, 오히려 마케팅 측면에서도 효과가 없다며 기자들의 비난 행렬에 슬그머니 동참하기까지 했다.

'답답하구나.'

이용운이 재차 한숨을 내쉬었다.

다행일까? 불행일까?

박건은 아직 자신이 얼마나 심각한 상황에 처해 있는지 모르는 기색이었다.

"대체 왜 불가능하다는 겁니까?"

아까 질문에 반문하고 있는 박건에게서는 자신감이 느껴졌다.

비록 메이저리그 데뷔 후 아직까지 안타를 때려내지는 못했지만 정타가 나오는 비율이 점점 늘어나고 있다.

타격감이 조금씩 올라오고 있으니 전성기가 지났다고 평가받는 헥터 노에사를 상대로 메이저리그 데뷔 안타를 때려낼 수 있다고 판단했기 때문이리라.

'불행 중 다행이로군.'

그런 박건의 모습을 확인하고 이용운이 한 생각이었다.

야구는 결국 멘탈 게임이었다.

시즌 초반 극심한 타격 부진을 겪는 과정에서 이미 박건은 무척 큰 중압감을 느끼고 있었다.

그런 상황에서 자신이 처한 상황이 최악이나 다름없다는 사실을 알게 된다면?

박건이 타석에서 집중하는 것은 불가능했다.

해서 이용운은 박건에게 본인이 처해 있는 심각한 상황에 대해 알려주지 않기로 결정했던 것이었다.

"후배가 경기에 출전하지 않을 테니까."

"네?"

"경기에 출전하지 않는데 헥터 노에사를 상대로 안타를 빼앗아내는 것이 가능할 리 없지 않느냐?"

여기까지는 계산에 넣지 못했을까?

박건은 당황한 기색이 역력했다.

그리고 이용운의 예측은 적중했다.

미겔 카브레라 감독이 발표한 선발 라인업에 박건의 이름은 빠져 있었다.

박건 대신 포지션 경쟁자인 페테르 알론조가 선발 출전 명단에 이름을 올렸다.

선발 라인업 명단을 확인한 박건이 당황한 기색으로 물었다.

"왜 제가 선발 라인업에서 제외된 걸까요?"

이용운이 대답했다.

"지금까지 성적만 놓고 보면 선발 라인업에서 빠지는 게 당연하지."

                    *   *   *

슈악.

딱.

4회 말 1사 1, 2루 상황에서 제프 맥나일이 때린 타구는 3루수 앞으로 굴러갔다.

안전하게 포구에 성공한 3루수 닐 워커가 더블플레이를 만들기 위해서 재빨리 2루로 송구했다.

"아웃."

닐 워커의 송구를 받은 2루수 마틴 프로도가 더블플레이를 완성하기 위해서 서둘러 1루로 송구할 채비를 했다.

그러나 너무 서두른 탓일까.

마틴 프로도는 글러브에서 한 번에 공을 빼내지 못했다.

쉬이익.

다시 공을 빼내는 데 성공한 마틴 프로도가 1루로 송구했다. 그렇지만 타자주자 제프 맥나일은 발이 빨랐다.

"세이프."

잠시의 머뭇거림으로 인해 타자주자인 제프 맥나일이 1루에서 세이프가 되면서 더블플레이는 완성되지 못했다.

이닝이 종료되지 못하고 2사 1, 3루의 실점 위기가 이어지게 된 순간, 선발투수 헥터 노에사의 어깨가 들썩였다.

그런 헥터 노에사를 응시하던 이용운이 전광판 쪽으로 고개를 돌렸다.

91구.

4회 말임에도 불구하고, 헥터 노에사의 투구수는 벌써 90개를 넘기고 있었다.

오늘 경기에서 이미 4실점을 하며 고전했기 때문이었다.

'헥터 노에사는 지쳤다. 그리고 수비의 도움까지 받지 못하면서 멘탈이 흔들린 상태다. 실투가 나오기 딱 좋은 상황이로군.'

마운드 위에서 가쁜 숨을 몰아쉬고 있는 헥터 노에사를 바라보던 이용운이 슬쩍 눈살을 찌푸렸다.

요새 구종 예측이 계속 빗나가긴 했어도, 실투가 나올 타이밍까지 놓칠 정도로 이용운이 감을 잃은 것은 아니었다.

헥터 노에사가 실투를 던질 타이밍임을 간파한 이용운이 아쉬움을 느낀 이유는 두 가지였다.

우선 박건이 경기에 출전하지 못했다는 점이었다.

예상대로 헥터 노에사의 구위는 위력적이지 않았다.

게다가 제구도 마음먹은 대로 되지 않았다.

그리고 마이애미 말린스와의 1, 2차전에서 영봉패를 당했던 뉴욕 메츠 타자들은 마치 분풀이라도 하듯이 헥터 노에사를 궁지로 몰아붙였다.

1—4.

4회 말 공격이 끝나기도 전에 벌써 4점을 빼앗아냈다.

'만약 박건이 출전했다면?'

타격감을 회복하고 있던 박건은 충분히 헥터 노에사를 공략해 내면서 데뷔 안타를 기록했을 것이란 점이 아쉬움을 느끼게 된 이유였다.

또 하나의 이유는 2사 1, 3루 상황에서 타석에 들어서고 있는 것이 박건의 포지션 경쟁자인 페테르 알론조라는 점이었다.

첫 타석에서 페테르 알론조는 헥터 노에사를 상대로 1타점을 올리는 적시타를 빼앗아낸 상황이었다.

그런데 추가 타점을 올릴 수 있는 절호의 찬스가 이어진 것이었다.

'실투가 나오면 안 되는데.'

이용운이 우려하는 가운데 헥터 노에사가 페테르 알론조를 상대하기 시작했다.

풀카운트까지 이어진 승부.

슈아악.

헥터 노에사는 페테르 알론조를 상대로 6구째로 직구를 선택했다.

원래 계획은 몸쪽 꽉 찬 직구를 던져서 페테르 알론조의 의표를 찌르는 것이었으리라.

그렇지만 헥터 노에사가 던진 6구째 직구는 제구가 뜻대로 안 되며 한가운데로 몰렸다.

따악.

그리고 페테르 알론조는 실투를 놓치지 않았다.

묵직한 타격음이 울려 퍼진 순간, 이용운은 홈런임을 직감했다.

페테르 알론조 역시 홈런을 직감한 듯 배트를 내던진 후 천천히 1루를 향해 달려가기 시작했다. 그리고 타구가 외야 펜스를 넘기는 것을 확인하고 난 후, 더그아웃을 바라보며 가슴을 강하게 두드렸다.

그 제스처를 취하는 페테르 알론조의 시선은 미겔 카브레라 감독에게 향해 있었다.

"똑똑히 봤습니까? 내가 뉴욕 메츠의 주전 좌익수입니다."

페테르 알론조는 그 제스처를 통해서 이렇게 외치는 것처럼 느껴졌다.

1—7.

페테르 알론조의 석 점 홈런이 터지면서 점수 차는 더 크게 벌어졌다.

또, 페테르 알론조의 석 점 홈런은 마이애미 말린스의 선발투수인 헥터 노에사를 강판시키기에 충분했다.

더그아웃으로 돌아온 페테르 알론조가 팀 동료들과 함께 세리머니를 하며 홈런을 기록한 기쁨을 나누었다.

잠시 후, 이용운이 눈매를 좁혔다.

박건이 개선장군처럼 더그아웃을 가로지르는 페테르 알론조의 홈런을 축하하기 위해서 주먹을 들어 올리는 모습을 확인했기 때문이었다.

'눈치 없이 지금 축하하고 있을 때냐?'

그 모습을 확인하고 이용운의 기분이 언짢아졌을 때였다.

퍽.

페테르 알론조가 박건의 머리를 손으로 때렸다.

아니, 때렸다기보다는 눌렀다고 표현하는 것이 맞았다.

주먹을 맞부딪치는 대신 박건의 머리를 손으로 누르는 페테르 알론조를 확인한 이용운이 와락 인상을 구겼다.

"네깟 놈은 나한테 안 된다."

페테르 알론조가 박건의 머리를 손으로 누르는 제스처를 통해서 이렇게 이야기하는 느낌을 받았기 때문이었다.

"왜 웃어?"

실실 웃고 있는 박건을 확인한 이용운은 속에서 천불이 나는 느낌을 받았다. 그래서 버럭 소리를 지르자, 박건이 억울한 표정을 지었다.

"놀래라. 왜 갑자기 소리를 지르시는 겁니까?"

"내가 더 놀랐다."

"선배님이 왜 놀라셨습니까?"

"우리 후배님이 속이 너무 없어서."

"제가 뭘요?"

"포지션 경쟁자인 페테르 알론조가 오늘 경기 승부를 결정짓는 석 점 홈런을 때렸는데 배알이 꼴리지도 않아?"

이용운이 탓하자, 박건이 반박했다.

"일전에는 속 좁게 굴지 말라면서요?"

KBO 리그에서 뛸 당시 박건은 포지션 경쟁자의 맹활약에 초조한 기색이 역력했다.

당시 이용운은 속 좁게 굴지 말라고 충고를 했었다.

그리고 박건은 당시에 이용운이 했던 충고를 잊지 않고 되돌

려준 것이었다.

"그때는 그랬지."

"그때는… 요?"

"그때와 지금은 상황이 다르다."

"무슨 상황이 어떻게 다른데요?"

박건이 여전히 억울한 표정으로 던진 질문을 들은 이용운이 한숨을 내쉬었다.

'명분이 생기니까.'

잠시 후, 이용운이 속으로 대답했다.

포지션 경쟁자인 페테르 알론조가 맹활약을 펼칠수록, 박건의 입지는 더욱 줄어들었다.

또, 페테르 알론조가 맹활약할수록 미겔 카브레라 감독에게는 박건을 경기에 출전시키지 않을 수 있는 명분이 생기는 셈이었다.

그렇지만 이용운은 결국 그 대답을 입 밖으로 꺼내지 못했다.

박건에게 본인이 처해 있는 심각한 상황을 알려주기에는 아직 시기상조라고 판단했기 때문이었다.

"됐다."

"되긴 뭐가 됐단 겁니까?"

"알 것 없다."

딱 잘라 말하며 대화를 마친 이용운이 그라운드를 응시했다.

페테르 알론조의 석 점 홈런이 나오면서 뉴욕 메츠와 마이애미 말린스의 점수 차는 6점으로 벌어졌다.

이미 승패는 기운 상황이었다.

그리고 마이애미 말린스의 조 매팅리 감독도 오늘 경기 패배를 직감한 듯 헥터 노에사를 대신해서 패전조에 속한 불펜투수 드웨인 홀랜드를 마운드에 올렸다.

그럼에도 불구하고 이용운이 계속 경기에 집중한 것은 페테르 알론조가 신경이 쓰였기 때문이었다.

'여기서 멈춰야 하는데.'

이용운이 내심 바랐다.

그렇지만 이용운의 바람과 달리 페테르 알론조는 그 후에도 두 개의 안타를 더 때려내며 타점도 추가했다.

5타수 4안타 7타점.

무려 4안타 경기를 펼치며 7타점을 쓸어 담았다.

2—13.

승부의 추가 완전히 기울어진 경기 후반부가 돼서야 이용운은 그라운드로 향해 있던 시선을 뗐다.

'대타로라도 출전 기회를 줬으면 좋겠는데.'

이용운이 미겔 카브레라 감독을 바라보며 속으로 소리쳤다. 그렇지만 미겔 카브레라 감독이 끝내 박건을 대타자로 기용하지 않으며 경기는 종료됐다.

*   *   *

뉴욕 메츠 VS 애틀랜타 브레이브스.

양 팀의 3연전 1차전과 2차전에 박건은 선발 라인업에서 제외됐다.

페테르 알론조가 박건 대신 7번 좌익수로 출전했다. 그리고 페테르 알론조는 마이애미 말린스와의 3연전 마지막 경기에서 선보였던 쾌조의 타격감을 애틀랜타 브레이브스와의 경기에서 도 이어나갔다.

4타수 2안타.

5타수 2안타.

페테르 알론조는 애틀랜타 브레이브스와의 1, 2차전에서 모두 멀티히트를 기록했다.

그 네 개의 안타 중 세 개는 단타였지만, 나머지 하나는 3루타 였다.

그리고 세 경기 연속으로 멀티히트 이상을 기록하면서 페테르 알론조의 타율을 가파르게 상승했다.

26타수 12안타.

페테르 알론조의 타율은 무려 5할에 육박했다.

반면 박건은 여전히 단 하나의 안타도 기록하지 못한 상태였다.

박건과 비교해서 페테르 알론조의 비교 우위가 도드라졌다.

더 심각한 것은 페테르 알론조가 출전한 경기에서 뉴욕 메츠의 승률이 무척 높다는 점이었다.

4승 2패.

페테르 알론조가 선발 출전한 경기에서 뉴욕 메츠가 거둔 성적이었다.

0승 4패.

박건이 선발 출전한 경기에서 뉴욕 메츠가 거둔 성적이었다.

수치상으로도 확연히 차이가 드러나는 성적.

그래서일까.

"박건이 아니라 페테르 알론조를 좌익수로 선발 출전해야 한다."

벌써 뉴욕 포스트 기자인 바비 브라운은 극심한 타격 부진에 빠져 있는 박건을 선발 라인업에서 제외하고 페테르 알론조를 좌익수로 선발 출전시켜야 한다는 강한 논조로 기사를 작성했다. 그리고 박건과 페테르 알론조가 선발 출전한 경기들의 개인 성적과 팀 성적을 비교한 것을 이런 주장의 근거로 내세웠다.

—박건 영입은 뉴욕 메츠 역사상 최악의 작품.

—고향 나라로 돌아가라.

—아직도 안타를 못 쳤음, 박건은 메이저리그에 어울리는 선수가 아님.

—미겔 카브레라 감독의 결단이 필요함.

—잭 니퍼트 단장은 대체 무슨 생각으로 박건을 영입했는지 의문임.

뉴욕 메츠 팬들이 바비 브라운이 작성한 기사 아래 단 댓글들이었다.

대부분의 댓글들이 박건의 영입을 비난하고 있었다.

그리고 박건에게 메이저리그에 적응할 시간과 기회를 줘야 한다는 댓글은 찾아보기 힘들었다.

'여론도… 돌아서기 시작했다.'

이용운이 우려했던 대로였다.

기자들은 뉴욕 메츠가 부진한 시즌 초반의 희생양으로 박건을 선택했다. 그리고 기사를 통해서 여론을 움직이고 있었다.

그로 인해 이용운이 표정을 딱딱하게 굳히고 있을 때였다.

"선발 라인업에 복귀했습니다."

박건이 안도한 표정으로 말했다.

지난 세 경기에서 보여준 페테르 알론조의 타격감이 워낙 발군이었다.

그래서 박건은 이대로 포지션 경쟁에서 밀릴 것을 우려하고 있었던 상황.

그런데 다시 선발 라인업에 복귀한 것을 확인하고 안도했으리라.

그렇지만 이용운은 박건이 선발 라인업에 복귀했다는 사실을 알고 난 후, 안도하기보다 의아함이 깃들었다.

'왜?'

페테르 알론조가 절정의 타격감을 자랑하고 있는 상황.

반면 박건은 여전히 타격 부진에서 벗어나지 못했다.

그러니 페테르 알론조가 좋은 타격감을 이어나갈 수 있도록 계속 출전 기회를 주는 편이 맞다는 생각이 들었다.

그렇지만 미겔 카브레라 감독은 다른 선택을 내렸다.

페테르 알론조가 아닌 박건에게 애틀랜타 브레이브스와의 3연전 마지막 경기에 출전 기회를 줬다.

그런 미겔 카브레라 감독의 선택이 이용운은 좀체 납득이 가지 않는 것이었다.

'만약 박건이 오늘 경기에서도 부진한 모습을 보이며 뉴욕 메츠가 경기에서 패하게 된다면?'

타격감이 절정인 페테르 알론조를 선발 라인업에서 제외하고 박건을 출전시킨 미겔 카브레라 감독은 비난을 피하기 힘들었다.

그럼에도 불구하고 미겔 카브레라 감독이 이런 선택을 내린 이유에 대해서 고민하던 이용운이 고개를 돌렸다.

그런 이용운이 확인한 것은 페테르 알론조의 반응이었다.

'왜… 별로 화가 난 기색이 아니지?'

절정의 타격감일 때, 선발 라인업에서 제외되면서 경기에 출전하지 못하게 된 상황.

페테르 알론조는 당연히 화를 내야 했다.

그렇지만 이용운이 확인한 페테르 알론조는 딱히 화가 난 표정이 아니었다.

'뭔가… 있다.'

페테르 알론조를 확인한 이용운이 심증을 품었다.

                *   *   *

노아 신더가드 VS 댈러스 카이클.

뉴욕 메츠와 애틀랜타 브레이브스의 3연전 마지막 경기 선발 매치업이었다.

명실공히 양 팀의 에이스들이 맞붙는 상황.

비록 시즌 초반이었지만, 노아 신더가드와 댈러스 카이클의 성적은 격차가 벌어져 있었다.

노아 신더가드는 두 차례 등판해서 이미 2패를 기록한 상황.

반면 댈러스 카이클은 2승을 수확했다.

"왜… 아사메드 로사리오가 선발 출전했지?"

경기를 앞두고 박건이 품은 의문이었다.

애틀랜타 브레이브스와의 1, 2차전과 3차전의 선발 라인업에는 변화가 있었다.

좌익수 페테르 알론조를 대신해 박건이 좌익수로 선발 출전한 점.

또, 폴 바셋을 대신해 아사메드 로사리오가 유격수로 선발 출전한 점이었다.

그리고 박건은 아사메드 로사리오가 오늘 경기에 폴 바셋을 대신해서 유격수로 선발 출전한 것에 의아함을 품었다.

"수비가… 불안한데?"

아사메드 로사리오는 시즌 초반 유격수 수비를 펼치는 과정에서 여러 차례 실책과 판단 미스를 범하며 불안한 모습을 노출했다.

그로 인해 폴 바셋과의 주전 경쟁에서 밀려나는 듯한 모습을 보였다.

그렇지만 오늘 경기를 앞두고 다시 선발 출전 기회를 잡았다.

그리고 노아 신더가드는 아사메드 로사리오가 주전 유격수로 복귀한 것에 불편한 감정을 감추지 않고 드러냈다.

스윽.

마운드에 오른 노아 신더가드는 본격적으로 투구를 시작하기 전 아사메드 로사리오를 바라보며 검지를 들어 머리에 손을 갖다 댔다.

오늘 경기에서는 수비 시에 집중하라는 의미가 담긴 제스처.

아사메드 로사리오의 경각심을 일깨우기 위한 노아 신더가드의 제스처였지만, 효과를 발휘하지는 못했다.

1회 초 애틀랜타 브레이브스의 공격.

1번 타자 아지 알비스를 삼진으로 돌려세우며 쾌조의 스타트를 끊은 노아 신더가드는 2번 타자 조쉬 도날드슨에게 중전안타를 허용했다.

1사 1루 상황에서 노아 신더가드가 3번 타자 프레디 프리먼과 승부를 펼칠 때, 1루 주자 조쉬 도날드슨이 도루를 시도했다.

슈악.

타다다닷.

노아 신더가드가 3구째 슬라이더를 구사한 순간, 조쉬 도날드슨이 스타트를 끊었다.

쉬이익.

포수인 후안 레이예스가 포구하자마자 2루로 송구했다. 그렇지만 유격수 아사메드 로사리오가 2루 커버를 들어오는 것이 늦었다.

아사메드 로사리오가 포구와 함께 태그를 시도했지만, 글러브를 닫는 것이 너무 빨랐다.

퍽.

글러브 끝을 맞고 퉁겨 나간 공이 외야로 흘렀다.

그사이, 1루 주자였던 조쉬 도날드슨은 3루로 내달렸다.

아사메드 로사리오가 급히 쫓아가 공을 잡았지만, 3루로 송구하기에는 너무 늦어 있었다.

'아웃 타이밍이었어.'

일련의 과정을 지켜보던 박건이 눈살을 찌푸렸다.

포수 후안 레이예스의 2루 송구는 강하고 코스도 정확했다.

만약 아사메드 로사리오가 포구 미스를 범하지 않았다면, 도루를 시도했던 1루 주자 조쉬 도날드슨을 충분히 아웃시킬 수 있는 타이밍이었다.

그런데 아사메드 로사리오가 포구에 실패하면서 1루 주자였던 조쉬 도날드슨이 3루까지 진루하는 최악의 결과를 초래했다.

본인의 플레이가 마음에 들지 않는 걸까.

글러브를 벗었다 끼기를 반복하고 있는 아사메드 로사리오를 바라보던 박건이 고개를 갸웃했다.

방금 전 아사메드 로사리오가 범한 포구 미스.

메이저리그라는 최고의 무대와는 전혀 어울리지 않는 수비 실책이었다.

'KBO 리그에서도 거의 나오지 않는 초보적인 실책.'

박건이 속으로 생각한 순간이었다.

"고교야구에서도 잘 나오지 않는 실책이지."

이용운이 평가했다.

"대체 왜 저런 초보적인 실수를 한 걸까요?"

아사메드 로사리오는 몇 년 전 유격수 부분 골든글러브 후보에까지 올랐을 정도로 수비력이 뛰어난 편이었다.

그런 그가 최근 수비 실책과 판단 미스를 범하는 것은 물론이고, 초보적인 실책까지 범하는 이유가 궁금했다.

해서 박건이 질문하자, 이용운이 대답했다.

"두 가지 이유다. 첫 번째는 경기 감각이 떨어졌고, 두 번째는 다른 야수들과의 호흡이 맞지 않는 것이다."

그 대답을 들은 박건이 고개를 끄덕였다.

아사메드 로사리오는 부상으로 인해 작년 시즌은 통째로 날리다시피 했다.

수술과 긴 재활을 거친 그가 복귀한 것은 올 시즌 시범경기 막바지였다.

아직 실전 감각이 돌아오기에는 너무 이른 시점이었다.

그리고 이용운이 아사메드 로사리오가 부진한 두 번째 원인으로 꼽은 타 야수들과의 호흡 문제도 일맥상통했다.

수비 능력은 결국 훈련량에 비례했다.

지루하리만치 반복된 수비 훈련을 거듭하는 사이, 자연스레 다른 야수들과의 호흡도 맞아 들어가는 법이었다.

그런데 아사메드 로사리오는 1군 무대에 복귀한 지 얼마 흐르지 않은 시점.

다른 야수들과 함께 훈련을 한 시간이 부족한 만큼, 호흡이 잘 맞을 리 없었다.

"내가 궁금한 것은 다른 점이다."

잠시 후, 이용운이 입을 뗐다.

"왜 미겔 카브레라 감독은 오늘 경기에 폴 바셋이 아니라 아사메드 로사리오를 선발 출전시켰을까?"

"그건… 최대한 빨리 아사메드 로사리오의 경기 감각을 끌어 올려주기 위한 배려가 아닐까요?"

"그럴 수도 있지. 그런데… 왜 하필 오늘 경기일까?"

"……?"

"마이애미 말린스와의 3연전 마지막 경기를 시작으로 뉴욕 메 츠는 3연승을 거두고 있다. 그리고 팀이 연승을 달리는 경우에 일반적으로 감독은 선발 라인업에 큰 변화를 주지 않으려고 하 기 마련이다. 그런데 미겔 카브레라 감독은 뉴욕 메츠가 3연승 을 달리던 동안 실책 없이 안정적인 수비를 펼쳤던 폴 바셋을 제 외하고 아사메드 로사리오를 투입하면서 선발 라인업에 변화를 가져갔다. 물론 후배의 의견처럼 아사메드 로사리오가 빨리 경 기 감각을 끌어 올릴 수 있도록 도와주고 싶었을 수도 있지. 그 러나 그게 꼭 4연승에 도전하는 오늘 경기였어야 할 필요가 있 을까?"

"폴 바셋으로는 힘들다고 판단하지 않았을까요?"

"왜 그렇게 생각하지?"

"폴 바셋이 경기에 투입됐을 때 안정적으로 수비를 하고 있지 만 타격 면에서는 아사메드 로사리오에 비해서 부족합니다. 그 래서 아사메드 로사리오의 경기 감각을 최대한 빨리 끌어 올리 는 것이 급선무라고 판단했을 수도 있습니다."

박건이 의견을 제시했을 때, 이용운이 지적했다.

"그럼 미겔 카브레라 감독이 후배를 오늘 경기에 선발 출전시 킨 이유는 뭘까?"

"그건……."

박건의 말문이 막혔다.

미겔 카브레라 감독이 페테르 알론조를 대신해 자신을 오늘 경기에 선발 출전시킨 이유를 박건도 알지 못했기 때문이었다.

"후배는 경기 감각을 끌어 올릴 필요도 없고, 포지션 경쟁자인 페테르 알론조에 비해서 타격감도 한참 떨어지는 편이다. 그럼에도 불구하고 미겔 카브레라 감독이 4연승에 도전하는 오늘 경기에 페테르 알론조 대신 후배를 선발 출전시키면서 선발 라인업에 변화를 준 이유가 대체 무엇일까?"

'아프다.'

이용운의 이야기를 듣던 박건이 한숨을 내쉬었다.

속된 말로 뼈를 때렸을 정도로 아픈 지적이었기 때문이었다.

그렇지만 반박할 수도 없었다.

이용운의 지적에 딱히 틀린 부분이 없어서였다.

"저는 모르겠습니다. 그러지 말고 선배님이 알려주시죠."

"나도 당최 이유를 모르겠다. 다만……."

"다만 뭡니까?"

이용운이 대답했다.

"후배를 위한 배려는 아닌 것 같다는 느낌적인 느낌이 든다."

제8장

0-1.

아사메드 로사리오의 포구 실책은 결국 실점의 빌미가 됐다.

1사 3루 상황에서 애틀랜타 브레이브스의 3번 타자 프레디 프리먼이 깊숙한 외야플라이를 때려서 3루 주자를 홈으로 불러들이는 데 성공했기 때문이었다.

한 점 차로 뒤지는 뉴욕 메츠의 3회 말 공격.

박건이 대기타석에 서서 7번 타자 아사메드 로사리오와 댈러스 카이클의 대결을 지켜보았다.

실점의 빌미가 됐던 수비 실책을 범했던 것을 만회하고 싶기 때문일까.

아사메드 로사리오는 댈러스 카이클의 유인구에 속지 않고 끈질기게 승부하면서 풀카운트까지 끌고 갔다.

그리고 7구째.

슈악.

부우웅.

아사메드 로사리오가 휘두른 배트는 커터의 궤적을 쫓아가지 못하고 허공을 갈랐다.

"스트라이크아웃."

'명품 커터.'

대기타석에서 아사메드 로사리오와 댈러스 카이클이 펼친 대결을 지켜보던 박건이 감탄했다.

댈러스 카이클을 메이저리그 최정상급 투수의 반열에 오르게 만든 일등 공신은 명품이라 불리는 커터.

더그아웃에서 지켜볼 때와 대기타석에서 지켜볼 때, 댈러스 카이클이 던지는 커터의 위력은 다르게 느껴졌다.

훨씬 더 위력적이고 스트라이크존을 통과하면서 떨어지는 각이 크고 날카로웠다.

'관건은 댈러스 카이클의 커터를 공략할 수 있는가 여부가 되겠군.'

타석으로 들어서며 박건이 생각했다.

"초구는 커터를 던질 거다."

이용운이 구종 예측을 했다.

'커터는 배제하면… 몸쪽 직구가 아닐까?'

박건이 구종 예측을 한 순간, 댈러스 카이클이 투구 동작에 돌입했다.

슈악.

댈러스 카이클이 선택한 초구의 구종은 바깥쪽 슬라이더였다.

이용운의 구종 예측과 박건의 구종 예측 모두 빗나간 상황.

"스트라이크."

박건이 배트를 내밀지 못하고 슬라이더를 지켜보았을 때, 주심은 스트라이크를 선언했다.

"2구째는 진짜 커터를 던질 거다."

'역시 커터는 배제하고… 바깥쪽 직구가 아닐까?'

슈악.

댈러스 카이클이 선택한 2구의 구종.

초구와 같은 바깥쪽 슬라이더였다.

박건이 배트를 내밀다가 직구가 아니라는 사실을 알아채고 도중에 배트를 멈춰 세웠다.

"스트라이크."

그렇지만 주심은 박건의 배트가 돌았다고 판단해서 스트라이크를 선언했다.

'돌지 않은 것 같은데?'

박건이 억울한 표정을 지었다.

배트가 완전히 돌기 전에 멈춰 세웠다고 판단했기 때문이었다.

그러나 항의한다고 한들 주심의 판정이 바뀌지 않는다는 사실을 알고 있기에 박건이 잊기 위해 노력했다.

노 볼 2스트라이크.

불리한 볼카운트에 몰린 순간, 이용운이 다시 구종 예측을 했다.

"3구째는 유인구성 슬라이더를 던질 것이다."

'슬라이더는 배제한다. 빠르게 승부를 가져간다면 커터를……?'

박건이 구종 예측을 마치기도 전에 댈러스 카이클이 빠르게 투구 동작에 돌입했다.

슈악.

잠시 후 댈러스 마이클의 손에서 공이 떠났다.

그리고 한가운데로 들어오는 커터를 확인한 박건이 두 눈을 빛냈다.

'실투!'

한가운데로 몰린 실투를 놓쳐서는 안 됐다. 그래서 박건이 지체 없이 배트를 휘둘렀다.

부우웅.

묵직한 타격음이 흘러나오길 기대했는데.

박건이 휘두른 배트는 공을 맞히지 못하고 허공만 갈랐다.

"스트라이크아웃."

삼진을 당했다는 사실을 알게 된 순간, 박건이 당황한 표정으로 고개를 돌렸다.

박건이 확인한 것은 포수 댄비 스완슨의 미트 위치.

'높다?'

댈러스 카이클의 공을 받은 포수미트의 위치는 박건이 예상했던 것보다 높았다.

'커터가… 아니었어.'

한가운데로 몰린 실투성 커터.

댈러스 카이클의 손에서 공이 떠난 순간, 박건이 내렸던 판단이었다.

그러나 그 판단은 틀렸다.

댈러스 카이클이 박건을 상대로 던진 3구째 공은 커터가 아니라 직구였다.

이것이 박건이 헛스윙을 했던 이유.

'커터와 직구를 구분하기 어렵다.'

타석에서 물러나 더그아웃으로 돌아가던 박건이 머릿속으로 떠올린 생각이었다.

댈러스 카이클이 구사하는 커터와 직구는 구분이 어려웠다.

그 이유는 직구와 커터의 구속 차이가 크지 않았기 때문이었다.

그리고 하나 더, 홈플레이트를 통과하기 전까지 직구와 커터의 궤적이 거의 같았기 때문이었다.

마치 직구처럼 들어오다가 홈플레이트를 통과하는 순간, 커터는 아래로 쑥 가라앉았다.

'이걸 어떻게 구분하지?'

댈러스 카이클을 상대한 후 박건의 머릿속이 더욱 복잡해졌을 때였다.

우우.

우우우.

관중석에서 야유 소리가 들렸다.

그 야유 소리가 들려온 순간, 박건의 머릿속이 하얗게 변했다.

자신을 향해 쏟아내는 야유임을 알아챘기 때문이었다.

"왜… 내게 야유를 보내는 거지?"

박건이 충격받은 표정으로 혼잣말을 꺼내며 야유가 흘러나오고 있는 관중석 쪽을 응시하고 있을 때였다.

"세상에 그냥 벌어지는 일은 없다."

어떤 대답을 원하고 던진 질문이 아니었는데 이용운에게서 대답이 돌아왔다.

잠시 후, 이용운이 덧붙였다.

"야유가 흘러나와도 이상하지 않을 정도로 후배가 타석에서 부진한 것은 사실이지."

*　　　　*　　　　*

최종 스코어 1—3.

선발투수인 노아 신더가드가 7이닝 2실점의 호투를 펼쳤음에도 불구하고 뉴욕 메츠는 애틀랜타 브레이브스와의 3연전 마지막 경기에서 패했다.

연승 행진이 3에서 멈춘 것이었다.

4타수 무안타.

그리고 박건의 무안타 행진도 계속 이어졌다.

8이닝 1실점으로 호투한 댈러스 카이클을 공략하는 데 실패했기 때문이었다.

애틀랜타 브레이브스와의 3연전에서 위닝시리즈를 거둔 뉴욕 메츠는 바로 애리조나로 이동했다.

내셔널리그 서부 지구에 속한 애리조나 다이아몬드백스와의 원정 3연전 일정이 이어졌기 때문이었다.

"불행 중 다행인 사실을 알려줄까?"

"……."

"애리조나 다이아몬드백스와의 3연전 1차전 경기에 후배가 선발 라인업에 포함됐다."

이용운이 박건에게 선발 라인업에 포함됐다는 낭보를 전해주었다.

평소라면 안도하며 반색했을 박건이었지만 오늘은 달랐다.

아무 반응도 보이지 않고 혼자 골몰히 생각에 잠겨 있었다.

'충격이 컸구나.'

이용운이 짤막한 한숨을 내쉬었다.

애틀랜타 브레이브스의 에이스인 댈러스 카이클을 상대로 박건은 4타수 무안타를 기록했다.

그렇지만 박건이 충격을 받은 이유는 댈러스 카이클을 상대로 안타를 때려내지 못했기 때문이 아니었다.

경기 도중 관중석에서 흘러나왔던 야유 때문이었다.

댈러스 카이클을 상대한 첫 타석에서 삼구삼진을 당했을 때, 처음으로 박건에게 야유가 쏟아졌었다.

그리고 이어졌던 세 타석에서도 박건이 범타로 물러나자, 관중석에서 흘러나오던 야유는 점점 거세졌었다.

"야구가 참 뜻대로 안 되네요."

박건이 한참 만에 꺼낸 이야기를 들은 이용운이 미안한 표정을 지었다.

"메이저리그로 진출하자."

박건에게 목표는 크게 가져야 한다고 말하며 메이저리그 진출을 부추겼던 것은 이용운 본인이었다.

그래서 미안한 마음이 들었다.

만약 박건이 메이저리그에 진출하지 않고 계속 청우 로열스에 머물렀다면?

박건은 여전히 승승장구했을 것이었다.

또, 낯선 미국 땅에 적응하기 위해 애를 쓸 필요도 없었을 터.

박건을 안타깝게 바라보던 이용운이 이내 마음을 다잡았다.

'나까지 약해지면 안 돼.'

타석에서 삼진과 범타를 기록하고 물러났을 때, 관중석에서 흘러나왔던 야유가 박건에게는 치명타였다.

격투기로 비유하자면 코너로 몰린 상태에서 카운터펀치를 허용한 것이나 마찬가지인 셈이었다.

현재 박건은 깨지기 쉬운 사기그릇과 비슷한 상태.

그런데 든든한 조력자를 자처했던 자신마저 약한 모습을 보이면 박건은 와르르 무너질 것이었다.

'무슨 방법을 찾아야 해.'

난관을 타개하기 위한 어떤 방법을 찾아야만 했다.

'목표를 너무 멀리 잡았어.'

잠시 후, 이용운이 반성했다.

메이저리그 내셔널리그 MVP, 그리고 월드시리즈 우승.

이용운이 박건에게 제시했던 목표였다.

　그렇지만 현재 박건은 20타석 동안 단 하나의 안타도 기록하지 못한 상태였다.

　부진이 길어지면서 뉴욕 메츠 홈 팬들에게서 야유까지 받고 있는 것이 박건이 현재 처해 있는 상황이었다.

　'현실을 직시하자.'

　우선은 안타 하나를 때려내는 것이 급선무라고 판단한 이용운이 입을 뗐다.

　"불행 중 다행인 점이 하나 더 있다."

　"또 뭡니까?"

　박건이 심드렁한 목소리로 질문한 순간, 이용운이 대답했다.

　"오늘 경기가 원정경기라는 점이다."

　"……?"

　"적어도 오늘 경기에서는 야유가 나오지 않을 것이다."

　이용운의 의도는 먹혀들었다.

　박건의 표정이 아까에 비해 조금 밝아진 것을 확인한 이용운이 다시 난관을 타개할 방법을 찾기 시작했다.

　그리고 잠시 후 이용운이 떠올린 것은… 이현수였다.

＊　　　　　＊　　　　　＊

1-3.

　6회가 끝났을 때의 스코어였다.

　뉴욕 메츠의 선발투수인 제이콥 디그롬은 애리조나 다이아몬드백스의 5번 타자인 애덤 존스에게 불의의 석 점 홈런을 허용했지만 퀄리티스타트를 해내며 선발투수로서 임무를 다했다.

문제는 뉴욕 메츠의 타선이었다.

애리조나 다이아몬드백스의 선발투수인 마이크 리크에게 꽁꽁 묶이며 1득점밖에 올리지 못하고 있었다.

그리고 박건 역시 지난 2타석에서 안타를 때려내지 못했다.

7회 초 뉴욕 메츠의 공격.

6번 타자 제프 맥나일은 마이크 리크의 초구를 공략해서 우전안타를 때려냈다.

무사 1루 상황에서 타석에 들어선 7번 타자 아사메드 로사리오는 2볼 1스트라이크의 볼카운트에서 마이크 리크의 4구째 싱커를 공략했다.

슈악.

딱.

그렇지만 정타는 되지 못했다.

배트 끝부분에 걸린 타구는 3루 방향으로 굴러갔다.

타구를 안정적으로 포구한 3루수가 2루로 송구했다.

"아웃."

2루수는 병살플레이를 완성하기 위해서 1루로 송구했다. 그러나 아사메드 로사리오의 발이 베이스에 닿는 것이 송구가 도착하는 것보다 조금 빨랐다.

진루타가 나오지 못하며 1사 1루로 바뀐 상황에서 박건이 타석으로 들어섰다.

'빠른 승부.'

타석에 들어선 박건이 떠올린 계획이었다.

첫 번째 타석에서는 삼진,

두 번째 타석에서는 내야땅볼.

지난 두 타석의 공통점은 볼카운트가 불리하게 몰린 상태에서 마이크 리크의 유인구에 제대로 대처하지 못하고 당했다는 점이었다.

'청우 로열스 소속일 때와는 달라.'

KBO 리그에서 뛸 때는 불리한 볼카운트에 몰려도 크게 개의치 않았다.

이용운의 구종 예측이 비교적 높은 확률로 적중했기 때문이었다.

그러나 메이저리그에 진출한 후, 상황이 달라졌다.

이용운의 구종 예측이 높은 확률로 빗나가는 상황.

수 싸움이 제대로 되지 않고 있었다.

'볼카운트가 불리해지면… 쫓긴다.'

이런 분석을 내렸기에 박건은 빠른 승부를 결심한 것이었다.

"몸쪽 직구가 들어올 거다."

어김없이 이용운이 구종 예측을 한 순간, 박건은 마이크 리크가 초구로 몸쪽 직구를 던질 것을 배제했다.

'바깥쪽 싱커.'

박건이 막 수 싸움을 마쳤을 때였다.

슈악.

마이크 리크의 손에서 공이 떠났다.

'바깥쪽… 싱커가 아니다.'

초구부터 과감하게 배트를 내밀기로 작정한 상황.

배트를 휘두르던 도중 박건은 조금 전 구종 예측이 빗나갔다는 사실을 깨달았다.

마이클 리크가 구사한 초구.

바깥쪽 싱커가 아니라 바깥쪽 슬라이더였다.

박건에서 주어진 선택지는 둘.

구종 예측이 빗나갔으니 배트를 멈춰 세우느냐? 아니면, 내친김에 끝까지 스윙을 가져가느냐, 였다.

그리고 박건이 선택한 것은 후자였다.

'맞히는 데 집중하자.'

일단 배트 중심에 공을 맞히는 것이 우선이라고 판단한 박건이 몸의 중심을 이동시켰다.

싱커는 종으로 떨어지는 반면 슬라이더는 횡으로 휘어지는 구종.

중심을 이동시키면서 배트의 궤적을 바꿔야 했다

따악.

잠시 후, 박건의 배트에 공이 맞았다.

'소리는 괜찮네.'

타격음이 경쾌하다고 생각하며 박건이 1루로 달려 나갔다.

그런 박건이 타구의 궤적을 눈으로 쫓았다.

'멀리 뻗는다?'

웨이트 효과 때문일까.

타구의 비거리는 박건의 예상보다 길었다.

또, 타구의 코스도 좋았다.

라인 선상으로 날아가는 타구를 잡기 위해서 애리조나 다이아몬드백스의 우익수가 열심히 달려갔다.

그러나 노바운드로 타구를 처리하기에는 역부족이었다.

그 사실을 파악한 우익수는 슬라이딩캐치를 시도하는 대신, 속도를 줄이면서 펜스플레이를 대비했다.

이제 남은 것은 하나.

박건이 때린 타구가 라인 선상 안쪽에 떨어지느냐 여부였다.

툭.

타구가 그라운드에 떨어지는 것을 직접 보았지만, 박건은 파울 여부를 확인할 수 없었다.

그래서 1루심을 향해 고개를 돌리려고 했을 때였다.

"속도를 올려라."

이용운이 소리쳤다.

'라인 선상 안쪽에 들어갔구나.'

이용운의 외침을 통해 박건은 자신이 때렸던 타구가 라인 선상 안쪽에 떨어지는 페어가 됐다는 사실을 알게 됐다.

이용운의 지시대로 달리던 속도를 올리던 박건의 눈에 3루 베이스를 통과해서 홈으로 쇄도하는 1루 주자 아사메드 로사리오의 모습이 들어왔다.

"멈춰라."

박건이 2루 베이스를 막 통과한 순간, 이용운이 멈추라고 지시했다.

그의 지시대로 2루에서 멈춘 박건이 1루 주자 아사메드 로사리오가 홈승부를 펼치는 모습을 살폈다.

타다다닷.

쉬익.

접전은 없었다.

중계플레이를 거친 홈송구가 포수의 미트에 도착하기 전에 아사메드 로사리오가 홈플레이트를 통과했기 때문이었다.

일련의 과정을 지켜보던 박건이 퍼뜩 아쉬움을 느꼈다.

중계플레이를 거쳤던 송구가 홈으로 향했던 상황.

3루까지 진루하는 것도 가능했을 것이란 생각이 들어서였다.

그런 박건의 속내를 읽은 걸까.

"만약 후배가 3루로 달렸다면 송구의 방향이 바뀌었을 것이다."

이용운이 말했다.

그제야 아쉬움을 털어버린 박건이 얼떨떨한 표정을 지었다.

'…쉽다?'

메이저리그 데뷔 후 첫 안타를 마침내 때려냈다. 그리고 첫 안타와 함께 첫 타점도 올리는 데 성공했다.

그렇지만 실감이 잘 나질 않았다.

또, 예상보다 쉽다는 생각이 들었다.

'이렇게 쉬운데… 왜 그렇게 헤맸던 거지?'

박건이 환호하는 대신 한숨을 내쉬었을 때, 이용운이 당부했다.

"지금의 이 감각을 잊지 마라."

＊　　　　＊　　　　＊

2—3.

박건이 7회 초에 적시타를 때려내면서 뉴욕 메츠는 추격점을 올렸다. 그렇지만 아쉽게 후속타가 나오지 않으면서 동점을 만드는 데는 실패했다.

8회 말 수비를 마치고 더그아웃으로 돌아온 박건이 그라운드를 응시했다.

애리조나 다이아몬드백스는 8이닝 2실점의 호투를 펼친 마이크 리크를 내리고 팀의 마무리투수인 브래들리 쿱을 9회 초 마운드에 올리는 선택을 내렸다.

'한 번 더 타석에 들어설 기회가 오지 않을까?'

9회 초 뉴욕 메츠의 정규이닝 마지막 공격은 5번 타자 윌슨 라모스부터 시작이었다. 그래서 한 차례 더 타석에 들어설 기회가 찾아오길 내심 기대하던 박건이 입을 뗐다.

"지금의 이 감각을 잊지 마라."

메이저리그 데뷔 후 첫 안타를 기록한 후, 이용운이 건넸던 당부였다.

그 당부의 말을 작게 되뇌던 박건이 두 눈을 빛냈다.

"너무 어렵게 생각했어."

고대하고 있던 메이저리그 첫 안타를 때리고 난 후, 박건이 퍼뜩 떠올린 생각이었다.

상대 배터리와 수 싸움을 펼쳐서 정확하게 구종 예측을 한 후에 타격한다.

이것이 그동안 박건이 타격을 해왔던 방식이었다.

이용운과 영혼의 파트너가 된 후 KBO 리그 시절부터 몸에 밴 패턴.

KBO 리그에서 뛸 당시에는 이런 방식이 먹혀들었다.

박건이 최고의 활약을 펼치며 소속 팀이었던 청우 로열스의 통합 우승을 이끌었던 것이 그 방식이 먹혀들었다는 증거였다.

그렇지만 메이저리그에 진출한 후, 더 이상 이 방식이 먹혀들지 않았다.

지난 타석에서 안타를 때려내기 전까지 스무 타석 넘도록 삼진과 범타로만 물러났던 것이 그 증거였다.

그리고 기존의 방식이 메이저리그에서 통하지 않는 가장 큰 이유는 이용운의 부진이었다.

좀 더 정확히 말하면 메이저리그 진출 후 이용운의 구종 예측이 계속해서 빗나간다는 점이었다.

그로 인해 고전과 부진을 면치 못하던 박건은 지난 타석에서 길었던 부진에서 벗어날 수 있는 힌트를 찾아냈다.

'빠른 승부, 그리고 임기응변.'

이 두 가지가 박건이 찾아낸 힌트들이었다.

우선 박건은 지난 타석을 통해서 빠른 승부의 중요성을 깨달았다.

수 싸움이 자꾸 빗나가면서 불리한 볼카운트에 몰리는 경우가 늘자, 유인구에 속아서 당하는 비중도 자연히 늘어났었다.

그래서 투수를 상대할 때 빠르게 승부를 거는 편이 낫다는 판단을 내렸다.

그 판단은 적중했다.

삼진을 당하는 것에 대한 부담감이 사라지자, 박건은 타석에서 좀 더 자신 있는 스윙을 가져갈 수 있었다.

또 하나의 힌트는 임기응변이었다.

지난 타석에서 박건이 예측했던 구종은 바깥쪽 싱커.

그렇지만 마이크 리크가 던졌던 구종은 바깥쪽 슬라이더였다.

구종 예측이 틀렸던 상황.

그러나 박건은 배트를 도중에 멈추지 않고 공을 배트에 맞히는 데 집중했다.

그 결과는 박건의 예상과 달랐다.

예상보다 훨씬 타구의 비거리가 길었다.

'웨이트에 치중하면서 타구의 비거리가 늘어난 것, KBO 리그에서 뛸 때와 달라진 점이야.'

덕분에 박건이 때려냈던 타구는 우익수가 잡을 수 없는 장타가 됐었다.

그 과정에서 박건은 꼭 수 싸움에서 이겨야만 안타를 만들어낼 수 있는 것이 아니라는 사실을 깨달았다.

'힘이 붙었어. 수 싸움에 너무 치중하지 말고 배트 중심에 맞히는 데만 집중해도 이전보다는 훨씬 나은 결과를 만들어낼 수 있을 거야.'

물론 최선은 수 싸움을 통해서 정확한 구종을 예측하고 타격에 임하는 것이었다.

그렇지만 이용운과 박건의 구종 예측이 틀리는 경우가 잦은 상황.

따라서 대안을 찾아야 했다. 그리고 지난 타석에서의 방식이 대안이 될 수 있을 거라고 박건이 판단했을 때였다.

슈아악.

"볼."

윌슨 라모스와 브래들리 쿱의 대결이 시작됐다.

        *   *   *

3볼 1스트라이크.

타자에게 유리한 볼카운트에서 브래들리 쿱이 5구째 공을 뿌렸다.

슈아악.

브래들리 쿱의 손을 떠난 직구는 바깥쪽 낮은 코스의 스트라이크존에 걸쳤다.

"볼넷."

그렇지만 주심이 스트라이크를 선언하지 않으며 윌슨 라모스는 볼넷을 얻어서 1루로 걸어 나갔다.

주심의 판정에 불만을 품은 브래들리 쿱이 항의했다.

그러나 주심은 오히려 판정에 항의하지 말라며 브래들리 쿱에게 경고를 줬다

무사 1루 상황에서 6번 타자 제프 맥나일이 타석에 들어섰다.

슈아악.

브래들리 쿱은 초구로 바깥쪽 직구를 선택했다.

윌슨 라모스에게 던졌던 5구째 바깥쪽 직구와 같은 코스로

파고든 직구.

"볼."

주심은 이번에도 스트라이크를 선언하지 않았다.

못마땅한 기색을 감추지 않고 드러낸 브래들리 쿱이 2구를 던졌다.

슈아악.

2구째 역시 직구.

그렇지만 초구와 다른 점은 코스였다.

'몰렸다.'

포수의 미트는 바깥쪽 코스로 향해 있었다. 그러나 브래들리 쿱이 던진 직구의 코스는 가운데로 몰렸다. 그리고 제프 맥나일은 실투를 놓치지 않았다.

따악.

배트 중심에 걸린 타구는 총알같이 날아가서 좌익수 앞에서 뚝 떨어졌다.

윌슨 라모스의 볼넷에 이어 제프 맥나일의 좌전 안타가 나오면서 무사 1, 2루의 득점 찬스가 찾아왔다.

7번 타자 아사메드 로사리오가 타석으로 향했고, 박건은 대기타석으로 들어섰다. 그리고 아사메드 로사리오와 브래들리 쿱의 대결을 집중해서 바라보기 시작했다.

슈아악.

아사메드 로사리오를 상대로 브래들리 쿱이 선택한 초구는 몸쪽 직구.

"스트라이크."

주심은 스트라이크를 선언했다.

그리고 2구째.

슈아악.

브래들리 쿱은 또 한 번 직구를 던졌다.

이번에는 몸쪽이 아닌 바깥쪽 코스의 직구.

"스트라이크."

바깥쪽 코스의 공에 스트라이크를 선언하는 데 인색한 편이었던 주심이었지만, 이번에는 달랐다.

"공 반 개 정도 더 안으로 들어왔어."

주심이 스트라이크를 선언한 순간, 박건은 포수의 미트 위치를 확인했다.

윌슨 라모스에게 볼넷을 허용할 당시에 브래들리 쿱이 던졌던 바깥쪽 직구보다 방금 던진 바깥쪽 직구는 공 반 개 정도 더 가운데로 들어왔다.

이것이 주심이 아까와 달리 바깥쪽 직구에 스트라이크를 선언한 이유.

"이건… 크다."

주심이 바깥쪽 직구에 스트라이크를 선언한 탓에 아사메드 로사리오는 바깥쪽 공을 의식하지 않을 수 없게 됐다.

브래들리 쿱이 바깥쪽으로 휘어지는 유인구를 던졌을 때, 아사메드 로사리오의 배트가 딸려 나올 가능성이 높아진 것이었다.

잠시 후, 박건의 머릿속이 바빠졌다.

'카운트를 잡기 위해서 몸쪽 직구를 초구로 던지지 않을까?'

박건이 일찌감치 수 싸움을 펼치기 시작했을 때였다.

"바깥쪽 직구로 카운트를 잡을 확률이 높아졌다."

이용운도 이른 수 싸움에 동참했다.

"바깥쪽 직구는 배제하겠습니다."

"뭐?"

"몸쪽 직구 혹은 몸쪽 커브를 던질 확률이 높은 것 같습니다."

"……."

"왜 갑자기 말이 없으십니까?"

'삐졌나?'

이용운이 예측한 바깥쪽 직구를 노골적으로 배제한 것으로 인해 그가 빈정이 상해서 침묵하는 것이라고 박건이 판단했을 때였다.

"의미 없다."

이용운이 불쑥 말했다.

'왜 의미가 없다는 거지?'

그 말을 들은 박건이 의아한 표정을 지었다.

수 싸움의 중요성에 대해서 귀가 따갑도록 강조했던 장본인이 바로 이용운이었다.

그런데 수 싸움을 펼치던 도중에 돌연 의미가 없다고 표현한 것이 전혀 이해가 가지 않는 것이었다.

"왜 의미가 없다는 겁니까?"

해서 박건이 질문하자, 이용운이 상기된 목소리로 대답했다.

"타석에 들어설 수 없으니까."

"네?"

"미겔 카브레라 감독이 대타자를 기용했다."

＊　　　　＊　　　　＊

바르르.

페테르 알론조와 교체되어 더그아웃으로 돌아온 박건의 꽉 움켜쥔 주먹이 분노로 인해 떨렸다.

'적시타를 때려낼 수 있었어.'

오늘 경기 세 번째 타석에서 때려냈던 안타는 박건에게 자신감과 함께 길었던 부진에서 탈출할 수 있는 힌트를 줬다.

그래서 네 번째 타석에서 브래들리 쿱을 상대로 적시타를 때려낼 수 있다고 자신했는데.

미겔 카브레라 감독은 박건의 타석에 포지션 경쟁자인 페테르 알론조를 대타자로 기용하는 선택을 내렸다.

'왜… 아무 말이 없는 거지?'

최근 박건의 타격감은 분명히 상승세였다.

더구나 지난 타석에서 추격점을 올리는 적시타를 때려내기도 했었다.

그런데 가장 중요한 순간에 페테르 알론조를 대타자로 기용한 미겔 카브레라 감독의 용병술로 인해 분노가 치밀었다.

확 들이받고 싶을 정도로 강렬한 분노.

그러나 박건에게 항의할 타이밍이 찾아오면 신호를 주겠다고 약속했던 이용운은 계속 침묵하고 있었다.

더 기다리지 못하고 박건이 물었다.

"한번… 들이받을까요?"

"참아라."

"왜 참으라는 겁니까?"

"명분이 없다."

"……?"

"페테르 알론조의 타격 성적이 후배보다 더 좋은 것은 부인할수 없는 팩트이니까."

박건이 반박하지 못하고 입을 다물었다.

'쓰다.'

지독히 입맛이 썼지만, 이용운이 방금 한 이야기에는 틀린 부분이 없었다.

비록 오늘 경기에서 타점을 올리는 적시타를 때려내긴 했지만, 박건의 타율은 오 푼에도 한참 미치지 못했다.

반면 페테르 알론조의 타율은 무려 오 할에 육박했다.

동점 내지 역전을 만들어낼 수 있는 오늘 경기 가장 중요한 승부처에서 박건 대신 페테르 알론조를 대타자로 기용한 미겔 카브레라 감독의 선택을 비난하기는 힘들었다.

어쩌면 당연한 선택이었으니까.

'받아들이자.'

박건이 애써 흥분을 가라앉히며 그라운드로 시선을 던졌다.

예상대로 아사메드 로사리오는 브래들리 쿱이 유인구로 던진 바깥쪽 슬라이더에 속아 헛스윙 삼진을 당했다.

1사 1, 2루 상황에서 박건을 대신해 타석에 등장한 페테르 알론조는 브래들리 쿱의 4구째 몸쪽 직구에 배트를 휘둘렀다.

슈아악.

딱.

둔탁한 타격음이 울려 퍼졌다.

배트 손잡이 부근에 맞았지만, 타구는 예상보다 더 뻗었다.

유격수와 좌익수, 중견수가 타구를 처리하기 위해서 모여들었지만, 페테르 알론조의 타구는 어느 누구도 잡지 못하는 중간 지점에 떨어졌다.

텍사스안타가 나온 순간, 1루 주자와 2루 주자가 한 베이스씩 진루하면서 1사 만루로 상황이 바뀌었다.

"운도… 좋구나."

박건을 대신해 타석에 들어섰던 페테르 알론조의 먹힌 타구가 텍사스안타가 되는 것을 지켜본 이용운이 내린 평가였다.

박건도 쓴웃음을 머금은 채 그 평가에 동조했다. 그리고 페테르 알론조의 텍사스안타 덕분에 역전 기회를 잡은 뉴욕 메츠였지만, 아쉽게도 후속타가 터지지 않았다.

브래들리 쿱이 1사 만루 상황에서 두 타자들을 연거푸 삼진으로 돌려세우며 터프 세이브를 올렸다.

최종 스코어 2—3.

팽팽했던 투수전 끝에 승리는 애리조나 다이아몬드백스에게 돌아갔다.

치열했던 경기에서 승리를 거둔 애리조나 다이아몬드백스 선수들이 그라운드에 모여서 하이 파이브를 나누었다.

그 모습을 지켜보는 박건의 표정은 밝지 않았다.

오늘 경기에서 박건은 메이저리그 데뷔 후 첫 안타와 첫 타점을 신고했다.

분명히 의미 있는 경기를 치렀지만, 오히려 마음은 더 조급해
졌다.

'남은 시간이 많지 않다.'

홈 팬들이 야유를 보낼 정도로 박건의 타격 부진은 길었다.

게다가 미겔 카브레라 감독은 박건에게 신뢰를 보내지 않았
다.

결정적인 승부처에서 박건을 대신해서 페테르 알론조를 대타
자로 기용한 것이 증거였다.

앞으로 미겔 카브레라 감독이 많은 시간과 기회를 제공하지
않을 거란 확신이 들어서 박건의 표정이 초조함으로 물들었을
때였다.

"잭 니퍼트 단장을 만나자."

이용운이 제안했다.

"갑자기 왜요?"

박건이 이유에 대해 묻자, 이용운이 대답했다.

"지금 후배가 비빌 언덕은 잭 니퍼트 단장뿐이니까."

*   *   *

뉴욕 메츠 단장인 잭 니퍼트의 사무실은 단출했다.

소파와 책상, 그리고 책장 하나씩만 놓여 있는 사무실에서 박
건의 시선을 잡아끈 것은 냉장고였다.

사무실의 넓이를 감안하면 냉장고의 크기가 무척 컸기 때문

이었다.

'엘지 냉장고네.'

그 냉장고에 시선을 빼앗겼던 박건의 입가로 희미한 미소가 떠올랐다.

냉장고 상단에 박혀 있는 로고가 반가웠기 때문이었다.

외국에 머물다 보면 저절로 애국자가 된단 말이 괜히 생긴 것이 아니었다.

잭 니퍼트 단장의 사무실에 놓인 냉장고의 제조업체가 한국 기업인 엘지라는 것을 발견한 것만으로 반가워서 웃음이 났을 때였다.

"뭘 마실 텐가?"

잭 니퍼트가 냉장고 문을 열며 물었다.

"생수를 마시겠습니다."

박건이 대답하자, 잭 니퍼트가 손을 뻗어 생수병과 캔 콜라를 집었다.

'어마어마하구나.'

냉장고 내부를 가득 채우고 있는 엄청난 양의 탄산음료를 확인한 박건이 놀란 표정을 지었다.

대형 냉장고의 내부가 비좁게 느껴질 정도로 잭 니퍼트가 채워 넣은 탄산음료의 양이 많았기 때문이었다.

그때였다.

"내 예상보다 적응에 시간이 오래 걸리는군."

잭 니퍼트가 생수병을 건네며 불쑥 말했다.

박건이 손을 뻗어 생수병을 받으며 잭 니퍼트의 표정을 살폈다.

예상대로 잭 니퍼트는 실망한 표정을 짓고 있었다.

─잭 니퍼트 단장의 실패작으로 끝날 가능성이 높은 박건 영입, 실패의 책임은 누가 질 것인가?

박건의 부진이 길어지면서 기자들은 공격적인 기사를 쏟아내고 있었다.

그 기사들을 봤기 때문에 잭 니퍼트 단장의 심기도 불편할 터였다. 그리고 자신으로 인해 곤란한 입장에 처한 잭 니퍼트에게 미안한 마음이 들었지만, 박건은 이내 고개를 흔들었다.

오늘 이곳을 찾은 이유.

잭 니퍼트 단장에게 미안함을 표현하기 위함이 아니었다.

지금은 감정에 치우칠 때가 아니라 이성적으로 접근해야 할 때였다.

"제가 메이저리그 적응에 애를 먹는 것은 어쩌면 당연한 결과입니다."

박건이 생수를 한 모금 마신 후 입을 떼자, 잭 니퍼트가 의외라는 시선을 던지며 물었다.

"왜 당연한 결과라는 건가?"

"제대로 된 기회가 주어지지 않으니까요."

박건이 꺼낸 대답을 들은 잭 니퍼트가 고개를 갸웃했다.

"내 생각에 기회는 충분히 주어진 것 같은데. 자네 생각은 다른가?"

"다릅니다."

"그 정도로는 부족하다?"

"네."

박건이 지체 없이 대답하자, 잭 니퍼트가 마뜩잖은 표정으로 다시 물었다.

"대체 어떤 부분이 불만인가?"

"미겔 카브레라 감독의 용병술에 불만을 갖고 있습니다."

"카브레라 감독의 용병술이 문제라고?"

"제가 메이저리그에 적응하는 것을 의도적으로 방해하고 있으니까요."

박건의 대답을 들은 잭 니퍼트가 흥미를 드러내기 시작했다.

"그렇게 주장하는 근거가 있나?"

"물론 있습니다."

"근거를 말해보게."

"그동안 제가 상대했던 투수들의 면면이 미겔 카브레라 감독이 저의 메이저리그 적응을 의도적으로 방해하고 있다는 증거입니다."

예상치 못했던 대답이기 때문일까.

잭 니퍼트가 코끝을 찡그리며 입을 뗐다.

"자네가 상대한 투수들이 한둘이 아닌데 내가 그걸 어떻게 다 기억할 수 있을까? 그리고 자네가 상대했던 투수들이 근거라는 자네의 말을 제대로 이해하기 어렵군."

"그럼 제가 알려 드리겠습니다. 스티븐 스트라스버그, 멕스 슈어저, 샌디 알칸트라, 네이선 불러, 댈러스 카이클, 마이크 리크, 그리고 애덤 모건입니다."

"그걸 다 기억하고 있다니 놀랍군."

잭 니퍼트가 감탄했지만, 박건은 고개를 혼들었다.

"지금 중요한 건 제가 그동안 상대했던 투수들의 면면을 전부 기억하고 있다는 것이 아닙니다."

"그럼 뭐가 중요한 건가?"

"방금 전에 제가 언급했던 투수들의 공통점을 아시겠습니까?"

"공통점이라. 모르겠군."

잠시 고민하던 잭 니퍼트가 공통점을 찾아내는 데 실패한 순간, 박건이 정정했다.

"제가 실수했네요. 애덤 모건은 일단 제외하시죠. 그럼 나머지 투수들의 공통점을 알 수 있으시겠습니까?"

"그래도 모르겠네. 그러지 말고 자네가 알려주게."

"이들의 공통점은 모두 팀의 1, 2선발을 맡고 있는 투수라는 점입니다."

박건이 정답을 알려주자, 잭 니퍼트가 무릎을 탁 쳤다.

"그게 공통점이었군. 그런데… 그 얘기를 꺼낸 이유가 뭔가?"

"저는 그동안 계속 팀의 1, 2선발에 속한 투수들만 상대했습니다. 그리고 필라델피아 필리스의 마무리투수인 애덤 모건도 훌륭한 투수죠. 다시 말하자면 저는 그동안 메이저리그에서도 정상급 투수들만 상대했던 셈입니다."

"듣고 보니 그렇긴 하군."

무심코 고개를 끄덕이며 동의하던 잭 니퍼트가 두 눈을 빛냈다.

"지금 자네는 미겔 카브레라 감독이 의도적으로 각 팀의 1, 2선발이 출전하는 경기에만 자네를 선발 출전시켰다고 주장하는 건가?"

"주장이 아니라 모두 팩트입니다."

"하지만… 미겔 카브레라 감독이 그럴 이유가 없지 않은가?"

"저도 처음에는 우연이라고 생각했습니다. 그런데 지금은 생각이 바뀌었습니다. 이유를 찾았거든요."

"자네가 찾아낸 이유가 뭔가?"

"단장님입니다."

"나?"

"그렇습니다."

말뜻을 제대로 이해하지 못한 잭 니퍼트가 두 눈을 깜박일 때, 박건이 덧붙였다.

"미겔 카브레라 감독은 단장님이 영입을 주도한 선수들이 팀의 주축 선수가 되는 걸 원치 않습니다."

제9장

'이상하다?'

이용운이 미겔 카브레라 감독의 선수 기용에 의아함을 품게 된 계기는 뉴욕 메츠와 애틀랜타 브레이브스의 3연전 마지막 경기였다.

당시 뉴욕 메츠는 3연승 가도를 달리고 있었다.

애틀랜타 브레이브스를 상대로 스윕을 거두면 4연승도 가능했던 상황.

그렇지만 미겔 카브레라 감독은 그 경기를 앞두고 선발 라인업에 변화를 줬다.

페테르 알론조 대신 박건을, 폴 바셋 대신 아사메드 로사리오를 선발 라인업에 포함시켰던 것이었다.

좌익수와 유격수.

외야와 내야의 야수 한 명씩을 교체한 것이었다.

팀이 연승을 달리는 도중에는 선발 라인업에 변화를 주는 경우가 드문 것을 감안하면 당시 미겔 카브레라 감독의 선택은 분명 의외였다. 그리고 그 선택은 결과적으로 좋지 않은 결과로 이어졌다.

뉴욕 메츠는 애틀랜타 브레이브스와의 3연전 마지막 경기에서 패하면서 연승 행진이 멈췄으니까.

그때 이용운은 처음으로 미겔 카브레라 감독의 용병술에 의심을 품었다.

절정의 타격감을 이어나가고 있던 페테르 알론조를 선발 라인업에서 제외하고 타격 부진을 겪고 있던 박건을 선발 라인업에 포함시킬 이유가 없었기 때문이었다.

당시 애틀랜타 브레이브스의 선발투수는 팀의 에이스인 댈러스 카이클.

어쩌면 애틀랜타 브레이브스의 선발투수가 댈러스 카이클이었기 때문에 의도적으로 박건을 선발 출전시켰을 수도 있다는 의심이 확신으로 변한 것은 박건이 다음 경기에도 선발 출전했기 때문이었다.

댈러스 카이클을 상대로 안타를 기록하지 못했던 박건은 뉴욕 메츠와 애리조나 다이아몬드백스의 3연전 첫 경기에도 선발 출전했다.

그리고 양 팀의 3연전 첫 경기, 애리조나 다이아몬드백스의 선발투수로 출전한 마이크 리크는 팀의 2선발을 맡고 있었다.

'일부러 박건을 각 팀의 1, 2선발을 맡고 있는 투수들이 출전

하는 경기에만 선발 투입시키는 것이 아닐까?'

애리조나 다이아몬드백스의 3선발과 4선발 투수들이 출전한 경기에 박건이 선발 라인업에서 제외된 것을 확인하고 난 후 의심은 확신으로 바뀌었다.

'대체 왜?'

확신이 생긴 순간, 이용운의 머릿속에 떠오른 질문이었다.

박건과 미겔 카브레라 감독.

박건이 미국으로 건너오기 전까지 일면식도 없었던 사이였다.

그런데 미겔 카브레라 감독이 박건에게 대체 무슨 억하심정이 있어서 이런 식의 선수 기용을 하는지 이해하기 어려웠던 것이었다.

그로 인해 고민하던 이용운이 의문을 풀 수 있는 답을 찾아낸 것은 아사메드 로사리오 덕분이었다.

박건이 타격 부진에 시달리는 반면, 아사메드 로사리오는 수비에서 잦은 실책과 판단 미스들을 범하며 어려움을 겪었다.

그럼에도 불구하고 미겔 카브레라 감독은 아사메드 로사리오에게 꾸준히 출전 기회를 부여했다.

—아사메드 로사리오가 아닌 폴 바셋을 주전으로 출전시켜야 하는 이유들.

기자들은 아사메드 로사리오의 잦은 실책과 판단 미스에 우려를 표하면서 폴 바셋을 주전 유격수로 기용해야 한다고 미겔 카브레라 감독을 압박했다.

그러나 미겔 카브레라 감독은 압박에도 전혀 아랑곳하지 않고 꾸준히 아사메드 로사리오에게 출전 기회를 부여했다.

'왜 이렇게 고집을 피우는 걸까?'

미겔 카브레라 감독의 입장에서도 아사메드 로사리오에게 계속 출전 기회를 주는 것은 부담이 클 터.

그럼에도 불구하고 그가 아사메드 로사리오에게 출전 기회를 부여하는 이유에 대해 고민하던 이용운은 마침내 답을 찾아냈다.

그리고 이용운이 찾아낸 답은… 바로 잭 니퍼트 단장이었다.

＊　　　　＊　　　　＊

벌컥벌컥.

잭 니퍼트가 콜라를 들이켠 후 탁자 위에 올려놓았다.

'미겔 카브레라 감독이 원하는 것이 내가 영입을 주도한 선수들이 팀의 주축 선수가 되는 걸 막는 것이다?'

조금 전 박건이 펼친 주장을 곱씹던 잭 니퍼트의 눈썹이 꿈틀거렸다.

폴 바셋, 그리고 박건.

최근에 잭 니퍼트가 영입을 주도했던 선수들이었다.

그렇지만 두 선수의 활약상은 미비했다.

폴 바셋은 안정적인 수비력을 선보였지만, 아사메드 로사리오에게 밀려서 출전 기회가 줄어든 상황이었다.

또, 박건은 타격 부진이 길어지면서 올 시즌 뉴욕 메츠 최악의 영입이라는 평가까지 나오는 상황이었다.

'선수를 보는 내 안목에 문제가 있는 건가?'

확신을 갖고 영입을 주도했던 폴 바셋과 박건이 타격 부진으로 인해 팀 내 비중이 줄어들었을 때, 잭 니퍼트는 선수를 보는 자신의 안목에 대해 의심했다.

그렇지만 박건과 대화를 나눈 후, 잭 니퍼트의 생각은 바뀌었다.

'이 자식이 수작을 부린 것이었어.'

폴 바셋과 박건, 두 선수만이 아니었다.

뉴욕 메츠 단장으로 부임한 후 잭 니퍼트가 확신을 갖고 영입했던 선수들 가운데 현재 주전으로 활약하는 선수는 딱 한 명뿐이었다.

바로 중견수 제프 맥나일이었다.

그렇지만 제프 맥나일은 타 영입 선수들과 다른 점이 존재했다.

잭 니퍼트와 미겔 카브레라 감독이 논의 끝에 드물게 팀에 필요하다는 합의를 하고 뉴욕 메츠로 영입한 선수라는 점이었다.

"멍청하긴."

잠시 후, 잭 니퍼트가 자책했다.

미겔 카브레라 감독이 수작을 부리는 동안 전혀 낌새를 알아채지 못했단 사실이 한심하게 느껴졌기 때문이었다.

"아직 안 늦었어."

캔 콜라를 들어 마저 마신 후, 잭 니퍼트가 자리에서 일어났다.

미겔 카브레라 감독이 수작을 부렸다는 증거를 잡는 것이 우선이라고 판단을 내린 잭 니퍼트가 책상 앞으로 다가갔다.

"전수조사가 필요해."

박건과 폴 바셋을 포함해서 그동안 자신이 영입했던 선수들의 경기 출전 패턴 등을 전수조사 하기 위해서 파일로 손을 뻗던 잭 니퍼트가 도중에 멈칫거렸다.

"…누구지?"

뉴욕 메츠 단장으로 부임한 후, 잭 니퍼트가 영입을 주도했던 선수들은 열 명이 넘었다. 그런데 전수조사를 시작하기로 결심한 순간, 갑자기 선수들의 이름이 떠오르지 않았다.

"내가 처음 영입했던 선수가……."

선수들의 파일 앞으로 향해 있던 잭 니퍼트의 손이 목적지를 잃고 방황했다.

"당이… 떨어졌나?"

갑자기 이런 현상이 발생하는 것이 일시적으로 당이 떨어졌기 때문이라고 판단한 잭 니퍼트가 냉장고 쪽으로 걸음을 옮겼다.

잠시 후, 냉장고 문을 활짝 열어젖힌 채 내용물들을 응시하던 잭 니퍼트가 고개를 갸웃하며 입을 뗐다.

"내가 왜… 냉장고 문을 열었지?"

＊　　　　＊　　　　＊

뉴욕 메츠 VS LA 다저스.

양 팀의 올 시즌 첫 맞대결을 앞두고 미겔 카브레라 감독이 선발 라인업을 발표했다.

노아 신더가드 VS 클라이튼 커쇼.

두 팀을 넘어 내셔널리그를 대표하는 두 투수의 선발 맞대결이 예고된 가운데 미겔 카브레라 감독은 박건을 선발 라인업에 포함시켰다.

'아홉 경기 만에 선발 라인업 복귀로군.'

이용운이 계산을 마친 후 못마땅한 표정을 지었다.

상대 팀의 1선발과 2선발투수들이 출전할 때는 박건이 좌익수로 선발 출전하고, 3선발에서 5선발 투수들이 출전할 때는 페테르 알론조가 선발 출전한다.

개막 후 박건과 페테르 알론조의 출전 패턴이었다.

그런데 그 패턴이 바뀌기 시작했다.

페테르 알론조의 선발 출전 비중이 더 늘어난 반면, 박건의 선발 출전 비중은 더 줄어들었다.

필라델피아 필리스와의 3연전에서 1선발과 2선발인 제이크 아리에타와 호세 알라레스가 선발투수로 출전했을 때, 미겔 카브레라 감독은 박건이 아닌 페테르 알론조를 선발 출전시켰다.

그로 인해 박건은 무려 아홉 경기 만에 선발 라인업에 복귀하는 것이었다. 그리고 박건이 오랜만에 선발 라인업에 복귀했지만, 이용운은 아쉬운 마음이 컸다.

'타격감이 올라오고 있을 때 출전 기회가 없었어.'

마이크 리크를 상대로 박건은 메이저리그 데뷔 후 첫 안타를 때려냈다.

그 무렵 박건의 타구는 호수비에 걸리거나 야수 정면으로 향하는 바람에 안타가 되지 못했지만 정타 비중이 늘어나고 있었던 상황이었다.

이것이 박건의 타격감이 올라오고 있다는 증거.

그러나 박건은 그 경기 이후 무려 여덟 경기에 출전하지 못했다.

그 공백은 타격감을 다시 잃어버리기에 충분한 시간이었다.

게다가 이렇게 들쭉날쭉하게 출전 기회가 주어진다면, 경기 감각을 유지하는 것에 어려움을 겪는 것은 당연지사.

해서 미겔 카브레라 감독을 노려보던 이용운이 한숨을 내쉬었다.

'너무… 늦어.'

이대로는 어렵다고 판단한 이용운이 띄운 승부수는 잭 니퍼트 단장을 찾아가서 면담을 갖는 것이었다.

그렇지만 잭 니퍼트 단장은 송이현 단장과 달랐다.

송이현 단장은 일 처리가 빨랐지만, 잭 니퍼트 단장은 느렸다.

면담 후 열흘 가까이 지났음에도 불구하고 어떤 움직임도 없었다.

'더 늦어지면 곤란한데.'

이용운이 재차 한숨을 내쉬려다가 그만두었다.

자신이 자꾸 한숨을 내쉬는 것이 가뜩이나 심란할 박건에게 악영향을 미칠 것을 우려해서였다.

"다시 선발 라인업에 복귀한 것을 축하한다."

이용운이 애써 밝은 목소리로 축하 인사를 건넸을 때였다.

"좋네요."

박건도 좋다고 대답했다.

그렇지만 이용운은 웃을 수 없었다.

좋다고 대답하던 박건의 입가에 쓸쓸한 미소가 걸려 있는 것을 놓치지 않았기 때문이었다.

'표정이 왜 이 모양이지?'

그 표정을 확인한 이용운의 우려가 커졌을 때, 박건이 다시 말했다.

"자랑거리는 생겼네요."

"……?"

"지구 최강 투수라는 클라이튼 커쇼를 타석에서 상대해 봤다는 것, 나중에 자랑거리가 되기에 충분하지 않겠습니까?"

이용운이 표정을 굳혔다.

지금 이야기를 꺼내고 있는 박건에게서는 전혀 열정이 느껴지지 않았다.

마치 남의 이야기를 하듯 담담한 목소리로 꺼낸 박건의 이야기를 들은 이용운이 떠올린 것은… 포기였다.

'포기한 거야.'

자신감이 하락한 데다가 기회조차 거의 주어지지 않는 현 상황에 박건은 좌절한 것처럼 보였다.

그리고 이용운의 우려는 기우가 아니었다.

3회 말 뉴욕 메츠의 공격.

1사 주자 없는 상황에서 박건이 첫 타석에 들어섰다.

슈아악.

클라이튼 커쇼가 선택한 초구는 바깥쪽 직구.

딱.

박건은 초구부터 배트를 휘둘렀지만, 배트 끝부분에 맞은 타구는 파울이 됐다.

그리고 2구째.

슈악.

부우웅.

박건이 휘두른 배트는 바깥쪽 슬라이더에 미치지 못했다.

노 볼 2스트라이크.

불리한 볼카운트에서 클라이튼 커쇼는 3구를 던졌다.

슈악.

그가 선택한 구종은 몸쪽 커브.

박건은 배트를 내밀지 않고 그대로 지켜보았다.

"스트라이크아웃."

주심이 몸쪽 커브를 스트라이크로 선언한 순간, 이용운이 눈살을 찌푸렸다.

'낮았어.'

클라이튼 커쇼가 구사한 몸쪽 커브가 너무 낮았다고 판단했기 때문이었다.

잠시 후 이용운의 눈살이 더욱 찌푸려졌다.

당연히 주심의 판정에 어필을 할 거라 예상했던 박건의 반응이 이용운의 예상과 달랐기 때문이었다.

박건은 주심의 스트라이크 판정에 항의하지 않았다.

오히려 고개를 끄덕여 주심의 판정에 수긍한 후, 조금의 미련도 없이 더그아웃으로 돌아갔다.

'왜 화를 내지 않는 거지?'

주심의 판정에 어필하지 않았을 뿐만 아니라, 박건은 삼구삼진을 당했음에도 화가 난 기색이 아니었다.

평소와는 너무 다른 박건의 반응을 확인한 이용운이 당황한 기색을 드러냈을 때였다.

"좋네요."

더그아웃을 향해 걸어가던 박건이 입을 뗐다.

"뭐가 좋단 것이냐?"

"클라이튼 커쇼의 커브요."

"……?"

"직접 타석에서 경험해 보니 왜 명품 커브라고 불리는지 알겠습니다."

클라이튼 커쇼가 구사하는 커브가 명품이란 것에는 이용운도 이견이 없었다.

투수들이 던지는 구종을 평가하는 지표에서 클라이튼 커쇼의 커브가 1위를 달리는 것이 그의 커브가 명품이란 증거였다.

그렇지만 이용운은 박건의 의견에 웃으며 동조할 수 없었다.

'또 남의 이야기하듯 말하네.'

정작 클라이튼 커쇼를 상대하는 과정에서 삼구삼진을 당했음에도 박건은 자책하는 대신 마치 남의 이야기를 하듯 담담하게 말하고 있었다.

'위험해.'

그런 박건을 바라보는 이용운의 표정이 어둡게 변했을 때였다.

우우.

우우우.

무기력하게 삼구삼진을 당하고 더그아웃으로 돌아가던 박건에게 뉴욕 메츠 홈 팬들이 야유를 쏟아내기 시작했다.

*   *   *

0—2.

두 점 차로 뒤진 채 7회 말 뉴욕 메츠의 공격이 시작됐다.

무실점 호투를 펼치던 LA 다저스의 선발투수 클라이튼 커쇼는 7회 말 1사 후 갑작스러운 난조에 빠졌다.

6번 타자를 몸에 맞는 공으로 출루시켰고, 후속 타자에게 중전안타를 허용해서 1사 1, 2루의 실점 위기에 처했다.

득점 찬스에서 타석에 들어선 것은 7번 타자 아사메드 로사리오.

8번 타자 박건도 대기타석에 들어섰다.

'너무 서둘러.'

이용운이 슬쩍 눈살을 찌푸렸다.

2타수 무안타.

박건은 오늘 경기에서 클라이튼 커쇼를 상대로 안타를 빼앗아내지 못하고 있었다.

첫 타석과 두 번째 타석 모두 삼진으로 물러났다. 그리고 이용운이 진단하는 더 큰 문제는 박건이 타석에서 클라이튼 커쇼를 상대로 승부할 때 너무 서두른다는 점이었다.

첫 타석에서는 3구 삼진, 두 번째 타석에서는 4구째 유인구에 속아서 삼진을 당한 것이 박건이 타석에서 승부를 너무 서두른 다는 증거였다.

잠시 후, 이용운이 클라이튼 커쇼와 아사메드 로사리오가 펼 치는 승부에 집중하기 시작했다.

슈악.

"스트라이크."

슈아악.

"스트라이크."

클라이튼 커쇼가 초구와 2구로 던진 슬라이더와 직구는 스트 라이크존을 통과했다.

노 볼 2스트라이크.

아사메드 로사리오는 불리한 볼카운트에 몰렸지만, 쉽게 물러 나지 않았다.

클라이튼 커쇼가 구사한 유인구들에 속지 않고 잘 참아내면 서 풀카운트까지 승부를 끌고 갔다.

그리고 6구째.

슈악.

클라이튼 커쇼는 주무기인 커브를 선택했다.

딱.

바깥쪽 낮은 코스의 스트라이크존에 걸치는 각이 예리한 커 브는 명품이었지만, 아사메드 로사리오는 커트해 내는 데 성공했 다.

"확실히… 좋아졌다."

클라이튼 커쇼의 커브를 커트해 내는 데 성공한 아사메드 로사리오의 타격을 지켜보던 이용운이 작게 고개를 끄덕였다.

시즌 초반 아사메드 로사리오는 경기 감각이 떨어져 있었다.

해서 수비 시에 잦은 실책과 판단 미스를 범했을 뿐만 아니라, 타석에서도 유인구에 쉽게 속으면서 부진한 모습을 보였다.

그러나 최근에는 달라진 모습을 보이기 시작했다.

수비 시에 실책과 판단 미스가 줄어들었고, 타석에서도 유인구를 잘 참아내면서 점점 타율이 상승하고 있었다.

이런 변화가 발생한 이유는 미겔 카브레라 감독이 부진에도 불구하고 꾸준히 출전 기회를 부여한 덕분에 경기 감각이 올라왔기 때문이었다.

그때였다.

휘익.

박건이 더그아웃 쪽으로 고개를 돌렸다.

그런 박건의 모습을 확인한 이용운이 재차 눈살을 찌푸렸다.

이번이 처음이 아니었다.

대기타석에 선 후 박건은 클라이튼 커쇼와 아사메드 로사리오의 대결을 지켜보는 것에 집중하지 못했다.

연신 더그아웃 쪽으로 고개를 돌렸다. 그리고 이용운은 곧 그 이유를 알아냈다.

'신경이 쓰이는 거야.'

미겔 카브레라 감독은 승부처에서 박건의 타석 때 대타자를 기용한 적이 있었다.

그 경험이 또다시 미겔 카브레라 감독이 대타자를 기용할 수도 있다는 우려를 불러일으키는 것이었다.

슈악.

잠시 후, 클라이튼 커쇼가 아사메드 로사리오를 상대로 7구째 공을 던졌다.

스트라이크존을 통과할 듯 보이다가 바깥쪽으로 휘어져 나가는 슬라이더.

아사메드 로사리오가 유인구임을 간파하고 배트를 도중에 멈춰 세웠다.

"볼."

배트가 돌지 않았다고 판단한 주심이 볼넷을 선언하면서 1사 만루로 상황이 바뀌었다.

"후우."

그 순간, 박건이 깊은 한숨을 내쉬었다.

"왜 한숨을 내쉰 것이냐?"

이용운이 한숨의 의미를 묻자, 박건이 대답했다.

"반반입니다."

"반반?"

"안도하는 마음 절반, 걱정하는 마음 절반이란 뜻입니다."

"……?"

"일단 페테르 알론조를 대타자로 기용하지 않고 제게 찬스를 맡긴 것에 안도했지만, 클라이튼 커쇼를 상대로 안타를 때려내서 이번 찬스를 살릴 수 있을지 확신이 없어서 걱정도 됩니다."

박건이 한숨을 내쉰 이유를 설명한 후, 타석에 들어섰다. 그리고 박건은 초구부터 과감하게 배트를 휘둘렀다.

슈아악.

딱.

바깥쪽 코스의 직구에 박건이 배트를 내밀었지만, 정타와는 거리가 멀었다.

타이밍이 밀리면서 타구는 백네트에 맞고 떨어졌다.

'제구가 안 돼.'

타구의 방향을 확인한 이용운이 마뜩잖은 표정을 지었다.

클라이튼 커쇼는 7회에 접어든 후 갑작스러운 제구 난조를 드러내고 있었다. 그리고 박건을 상대로 던진 초구 직구도 높았다.

박건이 타격하지 않았다면 볼 판정을 받았으리라.

1사 만루의 상황.

그래서 타석에서 서두르지 않고 여유 있게 초구를 지켜보는 편이 나았을 것이란 생각이 든 것이었다.

하지만 박건의 선택은 달랐다.

초구를 그냥 지켜보는 대신 배트를 휘둘렀다.

노 볼 1스트라이크.

그로 인해 불리한 볼카운트에 몰린 순간, 이용운이 더 참지 못하고 입을 뗐다.

"원인이 무엇인지 몰라도 클라이튼 커쇼의 제구가 뜻대로 되지 않고 있다. 타석에서 너무 서두르지 마라."

그 조언이 먹힌 걸까.

슈악.

박건은 클라이튼 커쇼의 2구째 슬라이더에는 배트를 휘두르지 않고 그냥 지켜보았다.

"스트라이크."

그리고 주심이 스트라이크를 선언한 순간, 이용운이 아쉬운 기색을 감추지 않고 드러냈다.

클라이튼 커쇼의 슬라이더를 받은 포수의 미트 위치는 한복판이었다.

명백한 실투.

그렇지만 박건은 타석에서 그냥 지켜보면서 실투를 흘려보내 버린 것이었다.

'내 탓인가?'

아까 타석에서 승부를 서두르지 말라고 조언했던 것이 이런 결과를 만들어낸 것이란 생각이 들어서 신경이 쓰였을 때였다.

슈악.

클라이튼 커쇼가 3구째 공을 던졌다.

3구는 커브.

너무 일찍 꺾인 탓에 원바운드를 일으키며 홈플레이트를 통과했다.

부웅.

그렇지만 박건은 배트를 휘둘렀다.

"스트라이크아웃."

'이걸… 속아?'

이용운이 당혹스러운 표정을 지었다.

일찍감치 꺾인 탓에 확연히 볼임을 알 수 있었다.

그럼에도 불구하고 박건은 배트를 참지 못하고 삼구삼진을 당했다.

우우.

우우우.

세 타석 연속 삼진을 당하고 더그아웃으로 돌아가는 박건에게 어김없이 뉴욕 메츠 홈 팬들의 야유가 터져 나왔다.

지난 두 타석과 다른 점은 야유성이 더 커졌다는 점이었다.

승부처에서 무기력하게 물러난 박건에게 실망하고 분노하는 마음이 더 커졌기 때문이리라.

그러나 박건의 표정은 마치 야유 소리가 들리지 않는 것처럼 담담했다.

'최악.'

아쉬워하는 기색도 없는 박건의 표정을 확인한 이용운이 떠올린 단어였다.

"끝나고 술 한잔할까?"

이용운의 제안을 들은 박건이 대답했다.

"콜입니다."

*   *   *

"한 잔 받으시죠."

박건이 앞에 놓인 컵에 위스키를 가득 따라주었다.

황갈색 위스키가 가득 담겨 있는 컵을 확인한 이용운이 마뜩찮은 표정을 지었다.

'난 온 더 락이 좋은데.'

평소 이용운은 위스키를 온 더 락 스타일로 즐겼다.

그런데 스트레이트로 위스키를 먹게 된 마당이라 내키지 않는 것이었다. 그리고 이용운이 마뜩잖은 표정을 지은 데는 한 가지 이유가 더 있었다.

"콜입니다."

'끝나고 술 한잔할까?'라고 제안했을 때, 박건에게서 돌아왔던 대답이었다. 그래서 지금 위스키를 마시고 있는 것이었고.

그렇지만 박건이 꺼냈던 대답은 이용운이 내심 원했던 답은 아니었다.

"언제 경기에 출전하게 될지 모르는 상황입니다. 최상의 몸 상 태를 유지하기 위해서 술은 마시지 않겠습니다."

이게 이용운이 내심 바랐던 모범 답안이었지만, 박건은 지체 없이 '콜'이라고 외쳤었다.

그때였다.

채앵.

박건이 컵을 부딪친 후, 황갈색 위스키가 담긴 컵을 들어서 입 으로 가져갔다. 그리고 박건은 망설임 없이 황갈색 위스키가 가 득 담긴 컵을 단숨에 비웠다.

"크으."

컵에 담겨 있던 독한 황갈색 위스키를 물처럼 벌컥벌컥 마셔서 비워 버리는 박건을 확인한 이용운이 당황한 기색을 드러냈다.

당연히 나눠서 마실 거란 예상이 빗나갔기 때문이었다.

"소주가 그립네요."

잠시 후, 박건이 다시 위스키 병을 들어서 컵에 가득 따르며 입을 뗐다.

"어머니가 해주시는 김치찌개도 그립고요."

소주에 이어 어머니의 김치찌개가 그립다고 하소연하는 박건의 표정에는 아쉬운 기색이 역력했다.

그런 박건의 표정을 확인한 이용운이 눈살을 찌푸렸다.

무심코 넘길 사안이 아니란 생각이 퍼뜩 들었기 때문이었다.

'향수병.'

지금 박건은 향수병을 앓고 있었다.

낯선 환경, 아는 사람 하나 없는 이국땅에서의 외로운 삶, 그리고 부진한 성적까지.

박건은 현재 삼중고를 겪고 있었다.

그로 인해 멘탈이 무너지면서 향수병까지 앓기 시작한 것처럼 보였다.

그때, 박건이 다시 황갈색 위스키가 담긴 컵을 들어서 입으로 가져갔다.

"제 야구 인생은 끝난 것 같습니다."

신세 한탄을 한 박건은 이용운이 말릴 새도 주지 않고 황갈색 위스키가 가득 담겨 있던 컵을 들어 또 한 번 원샷 했다.

"좀 천천히 마셔라."

박건의 상태가 걱정된 이용운이 조언했다.

그렇지만 박건은 손사래를 쳤다.

"괜찮습니다."

"뭐가 괜찮다는 거야?"

"어차피 끝났으니까요."

박건이 씁쓸한 웃음을 지은 채 다시 컵에 황갈색 위스키를 가득 따르며 입을 뗐다.

"옛날 생각이 나네요."

"옛날 생각?"

"선배님을 만나기 하루 전날요."

"……?"

"그날 야구선수 생활을 접어야겠다고 결심했었거든요. 그래서 필름이 끊길 정도로 술을 마셨었습니다. 오늘이 꼭 그날 같다는 느낌이 드네요."

박건이 말을 마친 후, 다시 황갈색 위스키가 담긴 컵을 비웠다.

그런 박건을 제지할 생각도 하지 못한 채 이용운이 한숨을 내쉬었다.

"후회하는 거냐?"

"무슨 후회요?"

"나와 영혼의 파트너가 된 것 말이다."

눈이 살짝 풀린 박건이 고개를 내저었다.

"후회하지 않습니다. 선배님을 만난 덕분에… 좋은 꿈을 꿀 수 있었으니까요."

"좋은 꿈이라니?"

"청우 로열스 소속 선수로 한국시리즈 우승을 차지하고, MVP에 선정됐던 것 말입니다. 제게는 좋은 꿈이자 추억이었습니다."

박건의 대답을 들은 이용운의 표정이 굳어졌다.

"꿈이 아니었다."

지난 시즌에 박건이 KBO 리그에서 펼쳤던 맹활약.

꿈이 아니라 엄연히 현실이었다.

그렇지만 박건은 좋은 꿈이라고 표현했다.

'완전히 무너졌다.'

이 대화를 통해서 이용운은 부진과 향수병이 겹치면서 박건의 멘탈이 와르르 무너졌다는 것을 확실히 깨달았다.

그 순간, 이용운이 떠올린 것은 미겔 카브레라 감독이었다.

박건이 메이저리그 적응에 애를 먹으면서 부진이 길어진 이유.

실력이 부족해서가 아니었다.

이용운이 판단하기에 박건의 부진이 길어진 가장 큰 원인은 미겔 카브레라 감독이었다.

각 팀의 1, 2선발 투수들만 상대하도록 만든 용병술과 들쭉날쭉한 출전 기회 부여로 인해서 박건은 경기 감각과 타격감 유지에 애를 먹었다.

그런 패턴이 반복되면서 반등의 기회조차 없이 부진이 길어졌던 것이었고.

미겔 카브레라 감독에게 향했던 분노는 이내 잭 니퍼트 단장에게로 방향을 바꾸었다.

미겔 카브레라 감독의 박건 기용법에는 문제가 있다.

그는 잭 니퍼트 단장이 영입을 주도한 선수들이 팀에 제대로 적응하지 못하도록 만들기 위해서 이해하기 힘든 선수 기용을 하고 있다.

그리고 박건과 이용운은 이미 잭 니퍼트 단장에게 이런 항의를 했다.

그렇지만 잭 니퍼트 단장은 어떤 리액션도 취하지 않았다.

그런 시간이 길어지면서 박건의 부진은 더 깊어진 것이었고.

'다시 만나서 재촉해야 하나?'

잭 니퍼트 단장을 다시 만나는 것을 고민하던 이용운이 고개를 흔들었다.

다시 만나서 재촉한다고 하더라도 그를 움직이게 만들 자신이 없었기 때문이었다.

'내가 지금… 뭘 해야 하지?'

이용운의 머릿속이 바빠졌을 때였다.

"크으."

그사이에도 박건은 계속해서 황갈색 위스키가 담긴 컵을 채우고 비우기를 반복했다.

어느덧 바닥을 드러내고 있는 위스키 병을 확인한 이용운이 언성을 높였다.

"이제 그만 마셔라."

"어차피 야구를 그만둘 텐데 상관없지 않습니까?"

"왜 야구를 그만둬?"

"야구를 그만두지 아느면… 딸꾹, 뭔 방법이 있스미까?"

살짝 혀가 꼬인 채 반문한 박건이 다시 위스키 병으로 손을 뻗었다.

"그만 마시라니까."

그런 박건에게 이용운이 덧붙였다.

"야구를 계속할 수 있으니까."

"……?"

"그러기 위해서는 그만 마셔야 한다. 혀가 꼬여서는 안 되거든."

이미 술에 취한 박건은 제대로 이해한 기색이 아니었다. 그리고 이용운은 술에 취한 박건에게 자세히 설명하는 대신 다른 이야기를 꺼냈다.

"녹음하자."

제10장

띠리리릭. 띠리리릭.

알람 소리가 흘러나온 순간, 침대 위에 잠들어 있던 니콜이 뒤척이며 소리쳤다.

"잭, 알람 꺼요."

남편인 잭 니퍼트에게 휴대전화에서 흘러나오는 알람을 끄라고 말한 후 니콜은 베개로 머리를 감쌌다.

띠리리릭. 띠리리릭.

그렇지만 알람은 멈추지 않았다.

니콜이 표정을 찡그리면서 옆에 누워서 자고 있을 잭 니퍼트를 흔들어 깨울 요량으로 팔을 뻗었다.

더듬더듬.

그러나 옆자리는 비어 있었다.

침대 옆자리가 비어 있다는 사실을 뒤늦게 깨달은 니콜이 침대에서 몸을 일으켰다.

"어디 갔지?"

잭 니퍼트는 평소 아침잠이 많은 편이었다. 그런데 오늘은 알람이 울리기도 전에 일어나 있었다.

일단 휴대전화 알람부터 끈 후 니콜이 방을 나갔다. 그리고 잭 니퍼트를 찾는 데는 오랜 시간이 걸리지 않았다.

주방 냉장고 앞에 잭 니퍼트가 서 있었기 때문이었다.

"배가 고파서 일찍 깼어요?"

냉장고 문을 활짝 열어젖히고 있는 잭 니퍼트에게 니콜이 웃으며 물었을 때였다.

"이상해."

잭 니퍼트는 고개를 돌려 인사도 건네지 않았다.

대신 냉장고 내부를 바라보며 연신 고개를 갸웃거리고 있었다.

"뭐가 이상하단 거예요?"

"콜라가 없어."

"네?"

"내가 분명 가득 채워놓은 것 같은데 콜라가 하나도 없어."

그 이야기를 들은 니콜이 냉장고 앞으로 다가갔다.

잭 니퍼트의 말대로였다.

냉장고 안에는 콜라가 하나도 없었다.

'다 어디로 사라졌지?'

니콜도 어젯밤 잠들기 전에 냉장고 내부에 들어차 있던 수십 개의 캔 콜라들을 보았었다.

그런데 그 수십 개의 캔 콜라들이 감쪽같이 사라진 것이었다.

잭 니퍼트와 마찬가지로 고개를 갸웃하던 니콜의 눈에 잭 니퍼트의 손에 들려 있는 캔 콜라가 들어왔다.

"귀신이 곡할 노릇이네. 대체 어디로 사라진 거야?"

벌컥벌컥.

잭 니퍼트가 캔 콜라를 비운 후 쓰레기통으로 걸어갔다. 그리고 빈 캔을 쓰레기통에 쑤셔 넣는 잭 니퍼트를 발견한 니콜이 쓰레기통의 뚜껑을 열었다.

잠시 후, 수십 개의 빈 콜라 캔이 쌓여 있는 쓰레기통을 확인한 니콜이 한숨을 내쉬며 입을 뗐다.

"범인을 찾았어."

"응?"

"당신이 냉장고에서 캔 콜라가 사라지게 만든 범인이었어."

아침부터 콜라를 너무 많이 마신 잭 니퍼트가 걱정된 니콜이 못마땅한 표정으로 지적했다. 그렇지만 잭 니퍼트는 억울한 표정을 지었다.

"내가 범인이라니. 그게 무슨 말이야?"

"냉장고 안에 들어 있던 캔 콜라들. 전부 당신이 마신 거잖아."

"내가 아냐."

잭 니퍼트가 범행을 부인한 순간, 니콜이 양손을 허리에 척 얹은 후 명탐정처럼 증거를 밝혔다.

"조금 전 당신이 손에 들고 있던 것, 캔 콜라였잖아."

"내가?"

"그래."

"무슨 소릴 하는 거야? 난 콜라 마신 적 없어."

명백한 증거를 제시했음에도 불구하고 잭 니퍼트는 범행을 극구 부인했다.

그 반응을 확인한 니콜이 눈매를 좁혔다.

"그럼 아까 마신 건 뭐야?"

"내가 뭘 마셨다고 이래?"

"CCTV를 달았어야 했는데."

CCTV를 집 안에 설치하지 않은 것에 아쉬움을 느끼며 니콜이 쓰레기통의 뚜껑을 다시 열었다.

"직접 봐. 이게 당신이 냉장고 속 캔 콜라를 다 해치운 범인이라는 증거니까."

쓰레기통 안에 잔뜩 쌓여 있는 빈 콜라 캔들을 확인했음에도 불구하고 잭 니퍼트는 끝내 범행을 시인하지 않았다.

오히려 자신이 저지른 범행을 다른 사람에게 뒤집어씌우려는 시도를 했다.

"당신이지?"

"무슨 소리야?"

"냉장고 안에 콜라를 다 마신 것, 당신 소행이지?"

니콜이 황당한 표정을 지었을 때, 잭 니퍼트가 와락 인상을 구기며 물었다.

"지금 몇 시야?"

"여덟 시 좀 넘었어."

"그런데 대런은 왜 아직 안 내려오는 거야. 이렇게 게으름 부리다가 학교에 지각하면 어쩌려고 이러는 거야?"

돌연 아들인 대런을 화제에 올리는 잭 니퍼트를 니콜이 못마땅하게 바라보았다.

궁지에 몰린 상황을 탈출하기 위한 시도였지만, 너무 허술한 시도였기 때문이었다.

"기숙사에 있는 대런을 왜 갑자기 찾는 거야?"

올해 초 대학에 입학한 대런은 대학 기숙사에서 지내고 있었다.

이것이 아까 니콜이 너무 허술한 시도라고 판단한 이유.

"기숙사라니? 그게 무슨 소리야?"

"모르는 거야? 모르는 척하는 거야?"

"대런이 왜 기숙사에 있다는 거야? 빨리 대답이나 해."

"대학에 갔으니까요."

"대런이… 대학에 갔다고?"

잭 니퍼트가 충격받은 표정을 지었다.

그리고 충격을 받은 것은 니콜도 마찬가지였다.

지금 잭 니퍼트가 보이는 반응.

연기를 하는 것처럼 느껴지지 않았기 때문이었다.

"지금 농담하는 거죠?"

"어느 대학에 갔어?"

"보스……."

대런이 입학한 대학의 이름을 꺼내던 니콜이 도중에 입을 다물었다.

이게 중요한 게 아니란 생각이 들어서였다.

최근 들어 잭 니퍼트의 건망증이 심해졌다는 것은 니콜도 알고 있었다.

그렇지만 그리 심각하게 여기지 않았었는데.

니콜은 비로소 사태의 심각성을 깨달았다.

"콜라 대신 우유라도 마실래요?"

"아직 대답 안 했어. 대런이 어느 대학에 갔냐고?"

"그건 우유를 마시면서 대답해 줄게요."

"알았어."

"자, 식탁에 앉아요."

니콜이 잭 니퍼트를 식탁에 앉힌 후, 냉장고 앞으로 걸어갔다.

달달.

냉장고 안에 들어 있던 우유병을 꺼내는 니콜의 손이 가늘게 떨렸다.

잠시 후 떨리는 손으로 우유를 컵에 따르며 니콜이 애써 담담한 목소리로 물었다.

"오늘 바빠요?"

"오늘? 글쎄……."

"별로 안 바쁜가 보네요. 그럼 이 우유를 다 마시고 오랜만에 같이 데이트할까요?"

* * *

3—3.

경기는 균형추를 맞춘 채 후반으로 접어들었다. 그리고 뉴욕 메츠는 8회 말에 위기를 맞이했다.

선발투수인 제이콥 디그롬이 내려간 후, 마운드를 물려받은 불펜투수 호세 루고는 1사 1, 2루의 실점 위기에 처했다.

2사 1, 2루의 득점 찬스에서 마이크 쉴트 감독은 앤드류 로빈슨을 대타자로 기용했다.

슈악.

따악.

그리고 마이크 쉴트 감독의 용병술은 적중했다.

앤드류 로빈슨은 호세 루고의 4구째 커브를 제대로 받아 쳐서 좌익 선상 안쪽에 떨어지는 타구를 때려냈다.

앤드류 로빈슨의 타구가 펜스까지 굴러가는 사이, 2루 주자는 여유 있게 홈으로 파고들었다.

그리고 좌익수 페테르 알론조가 타구를 한 번 더듬는 사이, 1루 주자까지 3루를 통과해 홈으로 쇄도했다.

"세이프."

접전이 펼쳐진 홈승부.

그렇지만 1루 주자의 손끝이 베이스에 닿는 것이 태그보다 간발의 차로 더 빨랐다.

3—5.

8회 말 2사 후에 나온 앤드류 로빈슨의 2타점 2루타 덕분에 세인트루이스 카디널스는 역전에 성공했다.

그 순간, 선발 라인업에서 제외된 채 더그아웃에 앉아 있던 박건이 고개를 돌렸다.

'웃는다?'

뉴욕 메츠에게 남아 있는 공격 기회는 9회 초 한 차례뿐이었다.

하위타순부터 공격이 시작하는 데다가 세인트루이스 카디널스의 클로저인 마이클 마이어스는 리그 최고의 마무리투수 중 한 명이었다.

8회 말에 2실점한 뉴욕 메츠가 경기를 뒤집을 확률은 무척 낮은 상황.

그럼에도 불구하고 뉴욕 메츠를 이끌고 있는 사령탑인 미겔 카브레라 감독의 표정은 어둡지 않았다.

오히려 희미한 미소를 머금고 있었다.

'왜 웃지?'

미겔 카브레라 감독의 반응을 확인한 박건이 의아함을 품었을 때였다.

"지금 기분이 째지거든."

"……?"

"그러니 웃음이 나올 수밖에."

이용운의 이야기를 들은 박건이 물었다.

"왜 미겔 카브레라 감독의 기분이 좋은 겁니까?"

"이겼으니까."

"패색이 짙은데요?"

박건이 그라운드에서 시선을 떼지 않은 채 반문하자, 이용운이 대답했다.

"내가 말하는 건 경기 결과가 아니다."

"그럼?"

"잭 니퍼트 단장과의 힘겨루기를 말한 것이다. 미겔 카브레라 감독이 힘겨루기에서 이겼다."

"그걸 어떻게 확신하는 겁니까?"

"잭 니퍼트 단장이 사임했거든."

"사임… 요?"

"그래. 잭 니퍼트가 단장직을 내려놓았다."

너무 갑작스러운 소식.

금시초문이었기에 박건이 당황한 기색으로 입을 뗐다.

"이제 제 야구가 끝난 게 확실해졌네요."

                    *   *   *

—뉴욕 메츠 단장 잭 니퍼트. 일신상의 사유로 단장직 사임 발표.

구단 측에서 발표한 내용이었다.

그리고 박건은 잭 니퍼트 단장이 사임했다는 소식을 듣자마자 낙담한 표정을 지었다.

잭 니퍼트 단장은 박건의 영입을 주도했던 인물.

박건의 입장에서는 유일한 아군이었던 셈이었다.

그런데 아군이었던 잭 니퍼트 단장이 아무런 예고 없이 갑작스레 단장직에서 사임하자, 절망감을 느꼈으리라.

그렇지만 이용운은 박건과 달랐다.

'결국 내 짐작대로 됐군.'

잭 니퍼트 단장이 갑작스레 뉴욕 메츠 단장직을 사임한다는 소식을 접했음에도 이용운은 당황하지 않았다.

오히려 올 것이 왔다고 생각했다.

일신상의 이유.

뉴욕 메츠 구단에서 발표한 잭 니퍼트 단장의 사임 이유였다. 그러나 이용운은 잭 니퍼트가 단장직을 사임한 진짜 이유를 짐작할 수 있었다.

바로 알츠하이머였다.

'내 짐작보다… 조금 더 빨랐어.'

다만 이용운도 시기를 예측하는 데는 실패했다.

잭 니퍼트 단장이 앓고 있는 알츠하이머 증세가 심해져서 단장직에서 사임한 시기는 이용운이 막연히 예상했던 것보다 일렀다.

"역시……"

"역시 뭐냐?"

"안 될 놈은 안 되네요."

그때, 박건이 입을 뗐다.

"재수 없는 놈은 뒤로 넘어져도 코가 깨진다는 속담이 괜히 있는 게 아니었습니다."

"무슨 뜻이냐?"

"잭 니퍼트 단장, 썩은 동아줄이었지 않습니까?"

잭 니퍼트 단장과 미겔 카브레라 감독.

프런트의 수장과 현장 책임자가 불협화음을 내는 과정에서 박건이 선택한 동아줄은 잭 니퍼트 단장이었다.

그렇지만 결과적으로 그 선택은 잘못된 것으로 밝혀졌다.

잭 니퍼트 단장이 시즌 도중에 사임했으니까.

"이제 진짜 끝난 것 같습니다."

박건이 풀 죽은 목소리를 꺼낸 순간, 이용운이 고개를 흔들었다.

"아직 안 끝났다."

"왜 안 끝났다는 겁니까?"

"오히려 잘됐다."

"……?"

"끝은 다시 시작이란 말이 있지. 그 말대로다. 잭 니퍼트 단장의 사임이 후배에게는 새로운 기회가 될 수도 있단 뜻이다."

이용운이 힘주어 말했지만, 박건은 제대로 이해한 기색이 아니었다.

그런 박건을 위해서 이용운이 부연했다.

"선발투수가 일찍 무너지면 어떻게 하지?"

"구원투수가 등판하죠."

"바로 그거다. 잭 니퍼트 단장이 사임했으니 이제 구단주가 구원투수로 등판할 차례가 됐거든."

*   *   *

슈악.

앤서니 니퍼트의 슬라이더가 바깥쪽으로 날카롭게 휘어져 나갔다.

백선형이 배트를 내밀던 도중 가까스로 멈춰 세우며 고개를 돌려서 주심을 살폈다.

"볼넷."

그리고 주심이 배트가 돌지 않았다고 판단하자, 백선형이 안도의 한숨을 내쉬며 비어 있던 1루로 걸어 나갔다.

백선형이 볼넷을 얻어내며 2사 2, 3루에서 2사 만루로 상황이 다시 바뀌었다. 그리고 타석에는 6번 타자 양지훈이 들어섰다.

"후우."

관중석에서 경기를 지켜보던 송이현이 긴장을 풀기 위해 길게 한숨을 내쉬었다.

9회 초 청우 로열스의 정규이닝 마지막 공격이 진행되고 있는 현재 스코어는 2—4.

여기서 양지훈이 안타만 때려낸다면 청우 로열스는 극적으로 동점을 만들어낼 수 있었다.

또, 만약 장타가 나온다면 경기를 단숨에 역전시키며 지긋지긋한 연패에서 벗어날 수 있었다.

'어떻게 될까?'

타석에 들어선 양지훈과 앤서니 니퍼트의 대결을 송이현이 긴장한 채 지켜볼 때였다.

슈악.

딱.

양지훈은 앤서니 니퍼트의 2구째 슬라이더를 공략했다.

그렇지만 허리가 빠진 채 휘두른 어정쩡한 스윙이었다.

당연히 좋은 결과가 나올 리 만무했다.

하늘로 높이 솟구친 타구를 확인한 대승 원더스 1루수가 이동해 파울지역에서 잡아내며 경기는 허무하게 종료됐다.

"또… 졌네."

기대가 컸던 만큼 실망도 컸다.

해서 송이현이 답답한 한숨을 내쉬었을 때, 제임스 윤이 담담한 목소리로 말했다.

"역시 양지훈은 스타성이 부족하네요."

그 이야기를 들은 송이현이 두 눈에 쌍심지를 켰다.

양지훈은 오프시즌 기간에 FA로 청우 로열스에 영입한 선수였다.

계약기간 3년, 계약금 3억에 연봉 3억.

총액 12억이라는 거금을 들이고 유망주까지 내주면서 양지훈을 영입했던 이유.

지난 시즌을 끝으로 메이저리그로 진출한 박건의 공백을 메우기 위해서였다.

그리고 양지훈의 영입을 추천했던 것이 바로 제임스 윤이었다.

그런데 양지훈을 영입하라고 추천했던 장본인인 제임스 윤은 마치 남의 집 불구경하듯 무덤덤한 목소리로 그의 스타성이 부족하다는 평가를 내리고 있으니 어찌 화가 나지 않을 수 있을까.

"방금… 역시라고 했어요?"

"그렇습니다."

"그 말은 양지훈 선수가 스타성이 없다는 것을 이미 알고 있었다는 뜻이죠?"

"맞습니다."

"그런데 왜 영입했어요?"

송이현이 추궁했지만, 제임스 윤은 당황하지 않았다.

"영입 이유를 밝히기 전에 먼저 확실히 짚고 넘어갈 부분이 있습니다."

"뭐죠?"

"양지훈 선수를 영입한 것은 캡틴입니다."

"제임스 윤의 추천이 있었기 때문에 영입을 결정했던 거였어요."

"저는 단지 추천만 했습니다. 그리고 FA로 양지훈 선수를 영입하는 결정을 내린 것은 어디까지나 캡틴입니다."

'변했네.'

끝까지 책임 소재를 명확히 하는 제임스 윤을 바라보며 송이현이 속으로 생각했다.

지난 시즌과 달리 제임스 윤은 선수 영입에 대한 책임 소재를 명확히 하려는 기색이 역력했다.

그로 인해 서운한 감정이 들었지만, 송이현은 내색하지 않았다.

제임스 윤이 변한 이유를 짐작할 수 있었기 때문이었다.

"단장은 책임을 지는 자리입니다. 저는 단장님이 좋은 단장님으로 남았으면 하는 바람을 갖고 있습니다."

얼마 전 가졌던 술자리에서 제임스 윤이 건넸던 말이었다.

그리고 제임스 윤이 자신에게 원한 것은 야구에 대한 애정이었다.

즉, 야구에 대한 애정을 갖고 잘 알아야 팀이 올바른 방향으로 나아갈 수 있는 결정을 내릴 수 있다는 말을 하고 싶었던 것이었다.

"그럼 책임 소재를 명확히 했으니 청우 로열스 스카우트 팀장으로서 양지훈 선수의 영입을 추천한 이유를 말씀드리겠습니다. 그 이유는 가성비입니다."

"가성비가 가장 좋았다?"

"싼 게 비지떡이란 속담, 아시죠?"

'이것도 변한 점이네.'

싼 게 비지떡이란 한국 속담을 거침없이 입에 올리는 제임스 윤을 보며 송이현이 감탄했다.

이제는 제임스 윤이 완벽히 한국 생활에 적응했다는 생각이 들어서였다.

잠시 후, 송이현이 못마땅한 표정으로 물었다.

"그 말은 양지훈 선수가 12억만큼의 활약은 하고 있단 뜻인가요?"

"틀렸습니다."

"어느 부분이 틀렸죠?"

"6억어치의 활약을 하고 있으니까요."

제임스 윤의 표현이 옳았다.

양지훈을 FA로 영입하기 위해서 총액 12억을 지불했다. 그렇지만 3년 계약의 첫 시즌이니 계약금을 포함해 올 시즌에 양지훈이 수령하는 돈은 6억이 맞았다.

'그 정도 활약은 하는 것 같네.'

아까 제임스 윤의 표현처럼 양지훈은 스타성이 부족했다.

한마디로 해결사 능력이 부족한 편이었다.

그렇지만 박건을 대신해 올 시즌 청우 로열스의 좌익수를 맡고 있는 양지훈의 활약은 꾸준한 편이었다.

흔히 말하는 FA 먹튀와는 거리가 멀었다.

송이현의 생각이 거기까지 미쳤을 때, 제임스 윤이 불쑥 질문을 던졌다.

"오늘 경기의 패인이 무엇이라고 생각하십니까?"

"패인… 요?"

바로 떠오르는 패인이 없었다.

해서 송이현의 말문이 일순 막혔을 때, 제임스 윤이 대신 대답했다.

"이현수와 양지훈의 차이입니다."

'이현수와 양지훈의 차이?'

그 대답을 들은 송이현이 기억을 더듬다가 작게 고개를 끄덕였다.

이현수는 오늘 경기 상대 팀이었던 대승 원더스의 우익수.

2년 전, KBO 리그에서의 활약상을 인정받아서 메이저리그에 진출했지만 이현수는 두각을 드러내지 못했다.

두 시즌 동안 줄곧 마이너리그에 머물다가 실패를 인정하고

KBO 리그 복귀를 선언했고, 메이저리그 진출 전 원소속 팀이었던 대승 원더스로 돌아왔다.

그리고 KBO 리그 복귀 첫해인 올 시즌, 이현수는 '타격 머신'이란 별명에 어울리는 맹활약을 펼치고 있었다.

0.424.

리그 초반이긴 했지만, 이현수의 타율은 4할이 넘었다.

그리고 더 인상적인 것은 득점 찬스에서 보여주는 해결사 능력이었다.

오늘 경기에서도 마찬가지였다.

2—2로 팽팽한 균형을 이루던 8회 2사 만루 상황에서 타석에 들어섰던 이현수는 2타점 적시타를 때려냈다.

반면 9회 2사 만루 상황에서 타석에 들어섰던 양지훈은 범타로 물러났다.

결국 승부처에서 두 선수의 해결 능력 차이가 오늘 경기의 승패를 가른 요인임을 부인하기 힘들었다.

'5연패.'

송이현의 낯빛이 어두워졌다.

오늘 경기마저 패하면서 청우 로열스는 5연패의 늪에 빠졌다.

현재 청우 로열스의 순위는 6위.

지난 시즌 통합 우승을 차지했던 것을 감안하면 분명히 만족하기 어려운 순위였다.

그로 인해 답답한 표정을 짓던 송이현이 제안했다.

"오랜만에 치맥 어때요?"

제임스 윤이 지체 없이 화답했다.

"콜입니다."

*　*　*

리그 6위.

청우 로열스가 현재 위치해 있는 순위가 송이현은 마음에 들지 않았다.

그리고 청우 로열스의 순위가 중하위권으로 처져 있는 이유에 대해 분석하던 송이현이 떠올린 것은… 박건이었다.

지난 시즌의 청우 로열스와 올 시즌의 청우 로열스.

전력 누수 요인은 박건뿐이었다.

포스팅 시스템을 통해 뉴욕 메츠로 진출한 박건의 부재를 제외하면 청우 로열스의 선수 구성은 거의 그대로였다.

그리고 박건의 부재에 대비하기 위해서 양지훈을 FA로 영입한 상황.

청우 로열스의 부진 원인을 설명하기 어려웠다.

그래서 송이현이 답답한 마음에 생맥주 잔을 들어 올렸을 때였다.

"박건 선수입니다."

"……?"

"청우 로열스의 선수 구성은 지난 시즌과 별 차이가 없다. 그런데 왜 올 시즌 성적이 이렇게 부진할까? 캡틴은 그 이유를 고민하고 있었던 것, 아닙니까?"

정확히 속내를 읽혀 버린 송이현이 생맥주 잔을 내려놓으며 놀란 표정을 지었다.

"어떻게 알았어요?"

"캡틴의 표정을 보면 다 알 수 있습니다. 그리고 아까 캡틴이 했던 가정은 틀렸습니다."

"어떤 가정이 틀렸단 뜻이죠?"

"청우 로열스의 선수 구성이 지난 시즌과 별 차이가 없다는 가정 말입니다. 박건 선수가 빠졌으니까요."

비로소 말뜻을 이해한 송이현이 질문을 던졌다.

"박건 선수가 차지한 비중이 그렇게 컸나요?"

"제가 말씀드렸잖습니까? 박건 선수는 청우 로열스의 구심점 역할을 했다고."

"하지만……."

송이현이 말끝을 흐렸다.

지난 시즌과 올 시즌, 청우 로열스 전력에 큰 차이가 없다고 가정했던 근거는 박건의 대체 선수로 영입했던 양지훈의 활약 때문이었다.

박건과 비교해서 스타성과 해결사 능력은 부족했지만, 양지훈의 장점은 꾸준함이었다.

그래서 박건과 양지훈의 객관적인 데이터는 큰 차이가 없었다.

그때 제임스 윤이 불쑥 말했다.

"대체 불가."

"대체 불가?"

송이현이 그 말을 되뇌었을 때, 제임스 윤이 덧붙였다.

"박건 선수를 다른 선수로 대체하는 것은 불가능합니다. 박건 선수의 존재감과 임팩트는 그 정도로 컸습니다."

든 자리는 몰라도 난 자리는 크게 느껴진다는 속담대로였다.

제임스 윤은 청우 로열스를 떠난 박건의 자리가 무척 크다고 강조했다.

또, 박건의 부재가 지난 시즌과 올 시즌, 청우 로열스의 전력이 달라진 원인이라고 확신에 찬 목소리로 강조했다.

벌컥벌컥.

갈증이 치밀어서 송이현이 생맥주를 들이켠 후, 쓴웃음을 머금었다.

지난 시즌과 올 시즌, 달라진 점이 하나 더 있다는 사실을 뒤늦게 깨달았기 때문이었다.

"그렇네요."

"박건 선수가 그립단 뜻입니까?"

"당연히 박건 선수가 그리워요. 그렇지만 박건 선수 못지않게 그리운 게 또 있어요."

"그게 뭡니까?"

송이현이 대답했다.

"독한 야구."

*   *   *

청우 로열스가 통합 우승을 차지했던 지난 시즌.

비록 통합 우승을 달성하긴 했지만 청우 로열스는 시즌 도중

연승과 연패를 반복하며 롤러코스터 같은 행보를 반복했었다.

그리고 지난 시즌에 청우 로열스가 연패에 빠지면서 위기에 처했을 때, 팟캐스트 방송인 '독한 야구'는 큰 도움이 됐었다.

현재 청우 로열스는 5연패에 빠진 상황.

그래서 송이현은 문득 팟캐스트 방송인 '독한 야구'가 떠오른 것이었다.

"요새는 업데이트가 안 되네요."

송이현이 휴대전화를 집어 들며 푸념을 늘어놓다가 두 눈을 빛냈다.

무심코 확인해 보다가 '독한 야구'가 업데이트됐다는 사실을 뒤늦게 알아챘기 때문이었다.

"돌아왔어요."

송이현이 상기된 목소리로 말하자, 제임스 윤이 손에 들고 있던 치킨 다리를 내려놓으며 물었다.

"정말 업데이트가 됐습니까?"

"그렇다니까요."

"왜 다시 돌아왔을까요?"

"거기까지는 나도 모르죠. 다만 짐작이 가는 건 있어요."

"뭡니까?"

"'독한 야구' 진행자는 청우 로열스에 대한 애정이 크다고 본 인 입으로 말했어요. 그래서 청우 로열스가 위기에 처했다고 판단해서 돌아온 게 아닐까요?"

송이현이 추측한 순간, 제임스 윤이 재촉했다.

"일단 들어보시죠."

"그러죠."

송이현이 반가운 마음을 감추지 못한 채 무척 오래간만에 업데이트된 '독한 야구'를 재생했다.

『내 귀에 해설이 들려』 9권에 계속…